春芽工程系列

U0095432

中国婴幼儿身心成长指南

新生儿篇

中国关心下一代工作委员会专家委员会　编写

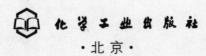

化学工业出版社

·北京·

本书为"春芽工程系列"图书中的一册，为中国婴幼儿身心成长指南：新生儿篇。

本书从新生儿形体生长发育、喂养知识、护理宝宝要领、智能体能发展、新生儿疾病知识等几个方面详细阐述了新生儿喂养和护理方面的知识和技能，为新手父母提供了很好的育儿指导。

图书在版编目（CIP）数据

中国婴幼儿身心成长指南：新生儿篇/中国关心下一代工作委员会专家委员会编写 . —北京：化学工业出版社，2011.6
（春芽工程系列）
ISBN 978-7-122-11096-1

Ⅰ . 中…　Ⅱ . 中…　Ⅲ . ①妊娠期-妇幼保健-基本知识②分娩-基本知识③新生儿-哺育-基本知识　Ⅳ . ①R715.3②R714.3③R174

中国版本图书馆CIP数据核字（2011）第071137号

责任编辑：赵玉欣　肖志明　　　　　　　　　装帧设计：尹琳琳
责任校对：顾淑云

出版发行：化学工业出版社（北京市东城区青年湖南街13号　邮政编码100011）
印　　装：化学工业出版社印刷厂
710mm×1000mm　1/16　印张9¼　字数93千字
2011年8月北京第1版第1次印刷

购书咨询：010-64518888（传真：010-64519686）　售后服务：010-64518899
网　　址：http://www.cip.com.cn
凡购买本书，如有缺损质量问题，本社销售中心负责调换。

定　　价：25.00元

每小时我国有2000名新生儿诞生。过去，一直以为新生儿是无所作为的，父母只要尽心喂养即可，而教育对这一年龄的孩子并没有什么重要意义。但这一观点已被近二十年来的科学研究成果所否定。其实，喂养、教育等各种教养方式，对于孩子来说是一段综合性历程，它承载着传授知识、培训技能、发现潜能及促进身心全面发展的重任。研究证明，在生命的最初阶段，感知觉系统正在迅速发展，并在比运动系统更发达的层次上发挥其机能。婴儿正是通过运动模式和感觉经验，在与特定的环境事件的联系中进行辨认学习，表现出他们特有的感觉运动智能，而且早期的经验对其一生的发展将产生重要影响。

近年来，婴幼儿早期教养的重要性越来越被国家、社会和家庭所重视。我国政府制定了2020年教育发展规划，号召全社会为造就高素质人才而努力。随着国民经济的提高，社会和家庭对婴幼儿教养的需求也与日俱增。尤其是孩子的营养、喂养得到极大提高，还有越来越多的城市家长认识到了早教对孩子发展的重要性，全国掀起了一股早教热潮。从1998年开始掀起的早教热潮，在这几年尤为兴盛。婴幼儿期是身心健康发展、形成良好个性、培养行为习惯的关键期，将决定日后成长的众多重要方面，也决定了中国下一代的素质。因而教育在早期即向0～3岁婴幼儿延伸具有重要的战略意义。

遗憾的是，我们发现两类家长大量存在。一类是不懂也不管孩子教养的家长，他们主要是来自农村的年轻父母，没有早期教养的意识。他们的父辈用传统的方法教养他们，现在时代发展了，他们却依然用最传统的方式养育自己的下一代。另一类是过分重视孩子教养的家长，他们多半是在城市生活和工作的父母，一心想让孩子赢在起跑线上，拔苗助长、过度教养造成孩子超负荷所带来的各种隐患。

在中国，城市与农村存在着一定的经济差别，但是人们并不希望看到在教养上也存在着这种差距。应该做到让农村与城市的孩子有着公平的机遇。要做到这点，新的任务正摆在我们面前：0～3岁婴幼儿教养实践亟须科学理论的支持，又亟须合理实证的支撑，还需要积极在城乡推广。一句话，需要适合中国国情的婴幼儿教养方法。

究竟应该如何合理教育、科学喂养0～3岁的孩子？

从生理、心理发展来看，从出生到3岁的婴幼儿正处于大脑重量的快速增长时段，大脑的构型与身体各部分功能的有机联系正在缜密增强和完善，尤其是功能方面向高层次及更深空间发展。在此阶段儿童在感觉、运动以及与此有关的技能掌握和进展方面都有明显的提高。在此基础上所反映出来的大脑综合功能的有序性发展已有相应的、可快速测查的客观标志。这些都为婴幼儿体能及心理的良好发展创建了必要的条件。而且，这个阶段脑和中枢神经系统的增长及功能的实现远较身体其他部位更快和更完善，从而为创建以中枢神经-内分泌系统为中心导向的生理代谢模式提供必要条件。因而为满足婴幼儿身心全面健康发展的需要，必须为其提供和创建必要的环境条件，科学合理喂养及适龄保健就是其中的重要基础。

胎儿自出生直至幼儿期经历从流食到固体食物喂养等阶段，这段自然发展时段有其内在的因素和规律，如唾液腺及胃肠道腺体的发育，出牙，肝、胆、胰腺功能的成熟，肠道良性微生态的建立和机体内环境的稳定等。遵循这个规律创建条件结合儿童具体情况进行合理喂养及保健就可取得事半功倍的实效。为大脑及中枢神经系统的发展及功能成熟，协调和处理好这段时期的喂养、膳食调理工作以及维护能量及营养素供求间的稳定、平衡关系，是婴幼儿才智运用、健康发展及拓展潜能的关键所在。

胎儿出生后即通过自身感觉器官感受所获得的信息，在经过脑－中枢神经相应部位接收、整理、分析、投射至相关功能区并经过网络统合后，在已经取得的生活经验基础上，对所获得的信息进行搜寻、对比，以找出过去环境中是否有同样的人或物体（或类似主体）的信息（刺激）记录，做出或不做出是否熟悉这一信息的相应反应。这种反应和应答也是在形体发育及运动发展过程中所获得经验的基础上作出的。所有这一切都与这一时期大脑的快速增长和功能进一步成熟有密切关系，这种与环境交往、互动并借此增进认知、累积经验的过程被广义地理解为教育过程，根据婴幼儿生理特点而设计并开展的教育也就是早期教育。接受教育是新生儿与生俱来的本能，科学合理的早期教育则是充实智慧、开启儿童潜能的重要途径。这也是中国关心下一代工作委员会专家委员会编写"春芽工程系列"丛书的期望。

我们希望通过本丛书，为社会公众建立一套可依循的跨学科的、全面的、客观的婴幼儿教养理论，建立一套易于操作实践的科学方法。在全社会的关心下，让婴幼儿健康快乐地成长，成为身心全面发展有益于社会、为国家创立功勋的人才。

本丛书具备如下特点。

1.让父母在实践中体会教养理论及其运用。关于0～3岁婴幼儿早期教养理论与实践的研究国家早已列入日程，它迫切需要解决的问题是将科学成果通过教育和实践转化为城乡居民自己的行为。为此，我们在书中提供了较多的实践操作指导，如婴儿的抚触、婴幼儿早期发展的自我评价等。

2.严谨科学的态度让家长有据可依。我们在本丛书中引用了大量的数据和图表，严谨的数据及图表便于家长很好地操作和比对应用。这些数据都是我们在多种标准的数据中精心选择的，为了这些数据，专家委员会经过严谨的专题会议研讨。例如，为读者提供不同喂养方式下（母乳喂养及不确定喂养）婴幼儿各自参照应用的标准，以及为便于家长对营养失衡婴幼儿的营养健康状态做出一次性直接判读，借以区分及评价体重低下、发育迟缓、肥胖及消瘦等状况的相应数值。尤其是关于婴幼儿心理发展的评价，按照月龄结合中国婴幼儿特点详尽地做出判断的依据，为家庭自我评价提供适合我国儿童的可靠参数。

3. 跨学科的科学教养指导手册。中国关心下一代工作委员会专家委员会和儿童发展研究中心组织了来自保健、医疗、心理、营养、法律等各行各业的从事并关注下一代健康发展的优秀资深专家，专家们就各自的专业所长，以月龄为基础就婴幼儿整体发展态势，在形体增长、智能发展、营养保健等多方面讲述该月龄的特点及应注意事项，使读者获得该儿童作为一个完整个体的全面综合的知识信息。

本书在编写过程中得到中国关心下一代工作委员会组织指导。参加本书编写工作的除编委会的各位专家外，还有：车廷菲、张静、牟龙、楼晓悦、强燕平、李微、何丹、丰怡欣、刘玲玲、赵献荣等老师，借此机会，谨致以诚挚谢意。

中国关心下一代工作委员会专家委员会

2011年夏

目录

第一章　新生儿形体生长发育　1

父母必知的相关基础知识…………………………………… 3

动态观察形体变化　…………………………………… 3

二维观察较全面　…………………………………… 3

量的积累是质变的基础　…………………………………… 4

各器官系统发育进展不平衡　…………………………………… 4

个体差异始终存在　…………………………………… 4

常用指标及正常值范围…………………………………… 5

观察孩子形体的变化有多项指标　…………………………………… 5

新生儿体重、身长、头围、体质指数（Kaup指数）

的参考值(表1-1)　…………………………………… 6

第二章　喂养知识　9

母乳喂养…………………………………… 11

母乳喂养好处多　…………………………………… 11

做好母乳喂养的准备工作　…………………………………… 14

为孕妇安排平衡膳食　…………………………………… 15

为乳母安排平衡膳食　…………………………………… 17

七招应对奶水不足 ……………………………… 24

母乳喂养成功的要点 …………………………… 26

专家提示 ………………………………………… 29

人工喂养………………………………………… 53

什么情况下采用人工喂养 ……………………… 53

人工喂养的实用性 ……………………………… 54

人工喂养的不足之处 …………………………… 54

牛奶与人乳成分的比较 ………………………… 55

人工喂养的要点 ………………………………… 58

混合喂养………………………………………… 72

补授法 …………………………………………… 72

替代法 …………………………………………… 72

特殊新生儿喂养………………………………… 74

早产儿的喂养 …………………………………… 74

双胎儿的喂养 …………………………………… 76

唇腭裂儿的喂养 ………………………………… 78

第三章 护理宝宝要领 **79**

新生儿的生活规律……………………………… 81

新生儿居室基本要求 …………………………………… 82

舒适衣着 ………………………………………………… 83

怎样知道新生儿是冷还是热? …………………………… 84

怎样给新生儿剪指甲? …………………………………… 85

头皮上的乳痂怎样去掉? ………………………………… 86

怎样包裹宝宝? …………………………………………… 87

如何给宝宝洗澡,应注意什么? ………………………… 88

脐带的护理 ……………………………………………… 89

巧除鼻痂 ………………………………………………… 90

怎样护理孩子的臀部? …………………………………… 91

第四章　智能体能发展　93

新生儿期早期教育 ……………………………………… 95

智能及体能发育 ………………………………………… 96

语言发展 ………………………………………………… 97

　新生儿语言发展的特点 ……………………………… 97

大动作发展 ……………………………………………… 103

　新生儿大动作的发展规律 …………………………… 103

　促进新生儿大动作发展的游戏 ……………………… 103

新生儿大动作发展小提示 …………………… 104

❤ **精细动作发展**…………………………… 106

新生儿精细动作的发展规律 ………………… 106

促进新生儿精细动作发展的游戏 …………… 106

新生儿精细动作小提示 ……………………… 107

❤ **认知发展**………………………………… 108

新生儿的认知发展 …………………………… 108

促进新生儿认知能力发展的游戏 …………… 108

❤ **社会性发展**……………………………… 110

新生儿社会性发展规律 ……………………… 110

新生儿社会性发展教育指导 ………………… 112

新生儿社会性发展小提示 …………………… 114

第五章　新生儿疾病知识　　117

❤ 新生儿的呼吸和心率特点…………………… 119

❤ 新生儿生理性体重减轻……………………… 120

❤ 新生儿生理性黄疸…………………………… 121

❤ 新生儿喉鸣…………………………………… 123

❤ 马牙………………………………………… 124

头皮下血肿——产瘤……………………………………… 125

新生儿乳房肿大…………………………………………… 126

新生女婴阴道流血及白带………………………………… 127

生理性腹泻………………………………………………… 128

新生儿硬肿症……………………………………………… 129

先天性关节脱臼…………………………………………… 130

新生儿败血症……………………………………………… 131

新生儿破伤风……………………………………………… 132

新生儿时期应进行哪些预防接种………………………… 133

新生儿要做哪些筛查……………………………………… 134

有宫内或分娩过程窒息的新生儿出生后应注意什么？ 135

第一章

新生儿形体生长发育

父母必知的相关基础知识

出生到28天的婴儿，叫做新生儿。了解新生儿形体生长发育是否正常，首先要注意如下几方面。

动态观察形体变化

生长发育是一个连续的过程，其间可有阶段性增快。除新生儿初期外，生后前半年内是生长最快的时期，尤其是前3个月；出生半年后生长速度减慢；到青春期则再度增快。

二维观察较全面

生长发育一般可从小儿体重、身长的二维角度做出判断。

体重能有效地反映小儿近期营养状况和（或）检测当时小儿受慢性和（或）急性因素影响其营养状况的程度。在正常喂养状况下，体重增加的速度与月龄关系密切，尤以生后前3个月为显著。

身长（高）是反映小儿骨骼发育的重要指标，在长期起作用的因素中，遗传是重要因素。短暂的营养障碍即使对体重有很大影响，一般也不致影响身长的增长；但长期营养不良则会使身长增长减慢或停滞。

量的积累是质变的基础

机体的生长发育是在量的增长过程中，发生质的改变。在生长发育中表现出自上而下，由近而远；功能由低到高，由简单到复杂而规律的过程。

各器官系统发育进展不平衡

大脑-中枢神经系统的生长发育早于机体其他系统，先快后慢，有利于中枢协调、统合其他系统功能的发展；而生殖系统生长发育则先慢后快，反映机体成熟基础上出现的生殖能力。

个体差异始终存在

生长发育有个体的差异，本书列举的标准参考值不是绝对的和不变的，不可生搬硬套，机械地用数字来判断生长发育是否正常。要考虑影响生长发育的遗传、环境等其他因素的作用。正常值不是一个点而是一个范围。通常用均值或中位数±标准差表示。

常用指标及正常值范围

 ## 观察孩子形体的变化有多项指标

婴幼儿常用的指标有体重（克、千克）、身长（厘米）、头围（厘米）、体质指数（Kaup 指数）。

体质指数（Kaup 指数）的含义是：单位面积内所包含的体重，意指该面积下所涵盖机体组织的平均密度，亦被理解为身体的匀称度，用以反映孩子体格发育状况和营养水平。

体质指数的计算式为：

$$0 \sim 24\ \text{月适用}\ \frac{\text{体重(克)}}{[\text{身长(厘米)}]^2} \times 10$$

$$2 \sim 6\ \text{岁适用}\ \frac{\text{体重(千克)}}{[\text{身高(厘米)}]^2} \times 10^4$$

体质指数的正常值范围：

身长在 55 ~ 61.5 厘米的婴儿，正常值为 13.5 ~ 17.0；

身长（高）在 62 ~ 139.5 厘米的儿童，正常值为 15.0 ~ 18.0。

第一章 新生儿形体生长发育

新生儿体重、身长、头围、体质指数（Kaup指数）的参考值（表1-1）

表1-1 新生儿体格发育参考值

项目		体重/千克 ±s	身长/厘米 ±s	头围/厘米 ±s*	体质指数 ±s
男	初生	3.34±0.15	49.9±1.9	34.5±1.2	13.4±1.35
童	1月	4.47±0.13	54.7±1.9	38.0±1.3	14.9±1.35
女	初生	3.23±0.14	49.1±1.9	34.0±1.2	13.3±1.20
童	1月	4.19±0.14	53.7±2.0	37.2±1.3	14.6±1.40

注：本表体重、身长、体质指数摘自世界卫生组织2006年推荐母乳喂养儿体重和身高评价标准。身长取卧位测量。

*头围测值摘自2005年中国九市7岁以下儿童体格发育测值，s为标准差。

 专家提示

• 测量体格生长发育指标一般能够有效反映新生儿的营养健康状况。新生儿分别在出生、生后10～14天及满月时进行测量。

• 表1-1中新生儿出生及满月时体格生长发育参考值，是围绕均值（平均数）的近似值。实际上，同龄小儿体重差别

是很大的。因此，还应考虑影响测量值的其他各种因素，如遗传、内分泌、生活环境、有否疾病等。

• 新生儿在出生3～7天时体重可比出生时体重下降3%～9%，这是正常生理性体重减轻，7～10天可恢复到出生时体重。若体重下降超过10%应考虑为病理性或喂养不足，应找医生分析原因，采取措施。

第二章

喂养知识

母乳喂养

母乳喂养好处多

母乳是婴儿最理想的食品，它本身就是人体组织的成分，完全符合构成婴儿组织的需要，它所含的各种营养物质既利于婴儿消化吸收，又具有最高的生物利用率。母乳中蛋白质及脂质的含量及成分对婴儿生理、代谢及顺利成长远优于牛乳。配方奶粉尽管极力追求接近母乳成分，但是不可能完全代替母乳中的营养成分。

其次，母乳含有丰富的抗感染物质，可以增强婴儿的抗病能力；吃母乳的小孩不易感染耳病、腹泻、食物过敏反应、百日咳、肺炎以及其他呼吸系统疾病。

而且，哺乳过程中，婴儿的吸吮运动有助于面部肌肉及颌骨的正常发育。与此同时，母亲声音、心音、气味和肌肤的接触能刺激婴儿的大脑，促进婴儿早期智力开发，这样频繁地与母亲皮肤接触、受照料，也有利于促进婴儿心理与社会适应性的发展。

（1）初乳，一定要让新生儿吃到

妊娠后期，孕妇乳房内逐渐开始蓄积少量的乳汁，分娩后1～6天内分泌的乳汁，叫做初乳。

● 初乳为黄色，浓而黏，蛋白质含量高于成熟乳，脂肪和乳糖含量则较成熟乳低，这种成分构成十分适合新生儿的消化吸收；

● 初乳含有大量免疫球蛋白，比成熟乳高20～40倍，对增强新生儿抗病能力有重要意义，故被称为出生后最早获得的口服免疫抗体；

● 初乳中含有的复合铁蛋白，具有减弱细菌活动和消灭细菌的作用；含有的溶菌酶，具有阻止细菌、病毒侵入婴儿机体的功能。

所以无论母乳分泌是多是少，都要让新生儿吃到初乳。

（2）母乳的颜色

乳汁的颜色是由所含营养物质决定的。

● 宝宝出生后头几天的母乳量较少，乳汁较稠，颜色发黄，含有丰富的营养素和抗感染物质；

● 喂养一段时间之后的成熟乳变清淡泛白，这是蛋白质和碳水化合物增多的表现；

● 每次喂奶临近终结时的后奶，由于含有大量的脂肪，外观奶色白而稀薄。

每次喂奶的前10分钟左右婴儿吃到的是前奶。前奶的成分含水、蛋白质、碳水化合物、矿物质，颜色为灰白色。随后吃到的奶是后奶。后奶里含有较多脂肪，婴儿吃到含有较多脂肪的后奶才能长体重。

有时奶水会有其他颜色，这与妈妈饮食或药物中的色素有关。

宝宝的尿液也可能有相同颜色的改变。比如，饮用含有黄色素及红色素的饮料，可以使母乳变成淡橘红色；绿色饮料、海藻及一些天然维生素胶丸也可能影响奶水色泽。这些与食物有关的颜色改变通常都无害。

（3）母乳中的免疫成分

母乳对婴幼儿的生长发育有着深刻的影响，它不仅是营养物质的来源，同时也是各种生物活性物质的载体。

• 在细胞免疫方面，巨噬细胞和中性多核白细胞能够吞噬、杀伤细菌，是人体的重要"卫士"；B淋巴细胞可针对所感染的病原微生物产生特异性的抗体，从而防止疾病的发生和发展；T淋巴细胞可以将病原微生物控制在局部，进而提高婴幼儿的抗感染力和机体抵抗力。

• 在体液（分子）免疫方面，分泌型免疫球蛋白是呼吸道与肠道黏膜的保护性抗体，而在婴儿时这种免疫球蛋白的供给主要来源于母乳；γ-干扰素能干扰病毒的复制并激活其他免疫细胞；溶菌酶主要是导致细菌溶解死亡；乳铁蛋白经反应后生成的铁原子可以使细菌生长受阻。

• 此外，母乳中还有其他因子，如β_1结合蛋白、双歧因子、黏蛋白等。它们在婴幼儿体内分别起着抑制致病菌的繁殖、防止病毒入侵的作用。

（4）母乳的成分会发生变化

• 初乳是产后1周内分泌的乳汁，颜色淡黄色、黏稠，脂肪含量较少，乳糖含量较低因而能量略低；免疫球蛋白含量较多，微量元素

13

锌、淋巴细胞、巨噬细胞和中性粒细胞等有一定免疫作用的免疫物质及生长因子、牛磺酸等含量都比较多，对新生儿生长发育和抗感染十分重要。

• 过渡乳指产后7天到14天分泌的乳汁，含脂肪最高，蛋白质与矿物质逐渐减少，乳汁量增多至每天平均590毫升。

• 成熟乳为分娩后第3周及以后排泌的乳汁。乳汁中脂肪及乳糖的含量较多，而蛋白质及矿物质的含量进一步减少。每日乳量增至700～1000毫升。

• 晚乳指10个月以后的乳汁，量和营养成分都渐减少。每次哺乳时前段乳汁富含水分、乳糖、维生素、矿物质，蛋白质含量高、脂肪含量低；而后段的乳汁较白，蛋白质含量低、脂肪含量高，是宝宝热量的重要来源。

做好母乳喂养的准备工作

（1）孕妇要坚定母乳喂养的信心

准妈妈在孕期就要学习母乳喂养的知识和技巧，参加孕妇培训班，阅读有关母乳喂养的书籍。为了让宝宝健康成长要坚定自己的信心，相信自己会有充足的乳汁喂养宝宝。

（2）做好乳房的准备

从怀孕开始就要注意乳房的清洁，佩戴宽松的棉质乳罩，给乳房留下足够的增大空间；妊娠5个月后每天按摩乳房，以促进局部血液循环，有利于乳腺小叶和乳腺管的增生发育及保持通畅。

为孕妇安排平衡膳食

所谓平衡膳食是指用多种食物的营养素来满足孕妇、胎儿及乳母、婴儿对营养的需求。平衡膳食的"平衡"包括数量充足的各类食物间的平衡和食物中所含各种营养素之间的比例适当，从而使最小量的营养素在体内得到最有效的生物利用，达到合理营养的目的。

孕妇对营养的需求处在不断增加和动态变化之中，为简化和便于安排孕妇及乳母的膳食，可以在职业妇女平衡膳食的基础上，根据所处阶段的不同、合理增加其能量及各种营养素的量。现以职业妇女和从事轻微体力劳动妇女所需营养作为平衡膳食的基础，根据我国居民饮食习惯、食物结构及传统膳食模式，举例说明实施平衡膳食的具体方法。要做到平衡膳食并取得营养健康效果，孕妇应该持之以恒并坚持不挑食、不偏食的进食原则，安排好自己的日常主、副食，以便胎儿正常成长和顺利出生。

不同孕期的孕妇所需要的能量及各种营养素是有差别的。为孕妇提供营养素的量应参照孕前体重，并以我国营养学会所建议的推荐摄入量为基础做出平衡膳食安排。

对须减肥的孕妇来说，维持孕期合理体重增长是必要的，可参考以下方法。

• **以孕前体重指数（BMI）为参照，提出个别指导。**

BMI的计算式为：体重（千克）/［身高（米）］^{2}。

BMI的判读如下：BMI正常范围为18.5 ~ 24.9；BMI＞25为超重；BMI>30为肥胖，BMI<18.5为体重低下。

在给孕妇提出孕期体重增重的指导建议时，原则是：体重超标者少增重、体重低下者多增重，但肥胖者不应在孕期过分控制体重以达到减肥的目的；合理的孕期体重增重范围如下：孕前体重正常者增重范围为11.3 ~ 15.8千克；超重者增重范围为6.8 ~ 11.3千克；肥胖者增重范围为5.0 ~ 9.0千克；孕前体重低下者增重范围为12.7 ~ 18.1千克。

• 以周体重增值为参照，在孕期第4个月~第9个月期间，超重和肥胖孕妇每周增重约0.25千克左右；相比之下，体重正常或低下的孕妇，每周约增重0.5千克。现将营养学会推荐的营养素摄入量列于表2-1，供参考。

在日常应用中，也可将所需食品的种类和数量简化为：每天1个鸡蛋（约55克），50克干黄豆（或相当分量的豆制品），100克瘦肉，150克水果，坚果类25 ~ 40克、牛奶250 ~ 400毫升，300 ~ 350克粮食及750克蔬菜，烹调用油20 ~ 25克，食盐5 ~ 6克，食糖10 ~ 25克。

要记住经常变换这些食物的品种，通常在3 ~ 5天内，主食及副食的品种应达到30种左右，以满足对不同营养素的需要。并依据对母子健康监测的情况，适时调整全日及1周时间内的实际用量。为便于记忆和操作，每日食物基本用量的简化口诀如下：

1个鸡蛋1两豆，2两瘦肉3两果，半斤牛奶6两粮，1斤半蔬菜母子康。

表2-1 孕妇及乳母每日推荐摄入量

	单位	RNI[①]	孕妇增加量			哺乳期乳母增加量
			早期	中期	晚期	
能量[②]	兆焦耳	8.80	—	0.84	0.84	2.09
	千卡	2100	—	200	200	500
蛋白质	克	65	5	15	20	20
钙	毫克	800	—	200	400	400
镁	毫克	350	—	50	50	50
铁	毫克	20	—	5	15	5
锌	毫克	11.5	—	5	5	10
碘	微克	150	50	50	50	50
维生素A	微克视黄醇当量[③]	700	100	200	200	500
维生素B_1	毫克	1.3	0.2	0.2	0.2	0.5
维生素B_2	毫克	1.2	0.5	0.5	0.5	0.5
维生素B_6	毫克	1.2	0.7	0.7	0.7	0.7
叶酸	微克	800	200	200	200	100
维生素C	毫克	100	—	30	30	30
维生素D	微克	5	—	5	5	5

①RNI—推荐摄入量；②按《中国居民膳食营养素参考摄入量》建议用量为标准；③1微克视黄醇当量=3.3国际单位维生素A。

为乳母安排平衡膳食

(1) 乳母的营养需求

乳母营养的具体目标是在孕期平衡膳食基础上，根据婴儿及乳母自身情况增加相应能量及营养素（表2-1）。

尽管婴儿的食量（乳汁摄入量）各有不同，纯母乳喂养的婴儿，在0～2个月月龄时，平均的母乳摄入量每天约710克，到9～11个月月龄时，平均摄入量每天已达900克。部分母乳喂养的婴儿，平均每天摄入的奶量在0～5个月月龄时为640～687克，到9个月月龄时下降到436～448克。因此喂养不同月龄婴儿的乳母所需的能量应随婴儿成长及乳母自身健康状况而有差别。已知人乳每百毫升中热能为67千卡，乳母合成乳汁的能量转换效率为80%，则哺乳期间母亲所需增加的能量见表2-2。对正在减肥的乳母，假定在授乳的0～8个月期间（不包含其后的月份）每月减少体重的目标为500克（每天为16.7克、每克脂肪产热量按9千卡计），则乳母泌乳所需增加的能量应相应低于一般正常妇女。

表2-2 哺乳期需要增加的热量

母乳喂养（月龄）	供奶量（毫升/日）	奶中的能量（千卡/日）	合成乳汁所需要的能量（千卡/日）	总能量（千卡/日）	减肥的乳母（千卡/日）
纯母乳喂养					
0～2	710	476	119	595	440
3～8	800	536	134	670	515
部分母乳喂养					
0～5	660	442	111	553	398
6～8	590	395	99	494	339
9～	440	295	74	369	369

如何满足乳母总能量的需求呢？根据中国营养学会关于健康育龄妇女摄入能量的建议，为每日1800 ～ 2200千卡，农村妇女较高。现以职业女性、轻体力劳动妇女每日所需平均能量8.8兆焦（相当于2100千卡）为基数，或按每千克体重每日30 ～ 35千卡作为计算基础。随着胎儿的增长，总能量也应有相应的增加，对孕中期（13 ～ 27周）及孕晚期（28周或以上）孕妇每日应增加膳食能量840千焦（200千卡）。孕妇每日摄入能量的一部分将转化为储存能量的形式——体脂，至孕晚期体脂储存约4000克左右，因而体重有相应增加，然而这是生后哺乳成功的重要物质条件。我国哺乳期乳母每日可排泌750 ～ 850毫升乳汁。为保证乳母有足够的泌乳量，除每日应摄入含8800千焦（2100千卡）能量的食物外，需另增加膳食能量2090千焦（500千卡），其中约420千焦（100千卡）供合成乳汁时的能量消耗及泌乳、排乳所需，另1670千焦（400千卡）则为所合成乳汁成分所需的能量。

（2）为乳母选择食物

• 避免食用引发宝宝过敏的食物

因为妈妈的饮食会对宝宝产生比较大的影响，在哺乳期间，妈妈们应该尽量吃原味食物和对自身无过敏反应的食物；不吃过咸、过甜的食物；尽可能少吃刺激性食物，如辣椒、胡椒粉、葱姜蒜等辛辣食品和调料等。

• 选择安全的食物

在选择蔬菜、水果的时候，应尽量选择绿色的安全食品。如果不能肯定，买回家后要严格清洗后再吃。因为果蔬的农药残留可能会很高，如果没有经过严格清洗，对母婴都会产生比较大的影响。

（3）家庭烹制适口增乳食品

◆ 丝瓜鲫鱼汤

【食材】鲫鱼500克，丝瓜250克，植物油75克，大葱15克，姜8克，盐2克，味精2克，料酒25克，胡椒粉1克。

【烹调方法】

① 将收拾好的鱼洗净沥水，然后在鱼的两面各划双"十"字花刀；丝瓜去皮洗净，切条。

② 将锅架在火上，放入植物油，七八成热时将鲫鱼放入，略煎两面，待鱼稍稍上色即可烹入料酒，加盖略焖。

③ 随即加入姜片、葱段，和适量鲜汤，盖上锅盖，烧开后改用小火余煮5～7分钟，鱼肉成熟后将鱼盛在汤碗内。

④ 锅内下入丝瓜条，回到旺火上烧开后再烧3～4分钟，见汤呈乳白色、丝瓜已酥时拣去姜片、葱段，加盐和味精，调好口味，再烧一会，即可出锅倒在汤碗中鱼体上。撒上胡椒粉，即能食用。

◆ 芪肝汤

【食材】猪肝500克，黄芪40克，盐1克。

【烹调方法】

① 将猪肝洗干净，切片。

② 在锅中放入适量清水，加入猪肝、黄芪，煮汤。

③ 水沸时加盐后即可出锅。

提示：黄芪性温，味甘，益气；猪肝性温，味甘、苦，补肝益血。这道菜补肝、益气、补血、通乳，适用于产后增乳及气血不足的缺乳。

◆ 猪蹄通草汤

【食材】猪蹄1只，通草3克；盐1克。

【烹调方法】

① 将猪蹄洗净后与通草一起放入砂锅。

② 在砂锅中加水1500毫升，先用旺火煮，待水开后改文火，炖至猪蹄熟烂即可。

提示：猪蹄含丰富的蛋白质和脂肪，有较强的补血、活血作用。通草可利水、通乳汁。二者煮汤，对产妇有康复身体、通乳之功效。

◆ 虾米粥

【食材】粳米100克，虾米30克。

【烹调方法】

① 将虾米用温水浸泡30分钟。

② 粳米洗净后与虾米一并放入砂锅内，加入清水。先用旺火煮沸，再用文火煎熬，以米烂汤稠为度。

◆ 山药羊肉粥

【食材】羊肉50克，山药50克，粳米100克，精盐少量，味精、葱花、姜末、胡椒粉、植物油少许。

【烹调方法】

① 将羊肉洗净，切碎，下入油锅煸炒，加入精盐、葱花、姜末继续煸炒至熟透。

② 将山药去皮洗净，切小块。粳米淘洗干净，放锅中加适量水煮沸，放入山药块小火煮成粥。

③ 再加入炒熟的羊肉煮沸，加入味精、胡椒粉调味即成。

提示：羊肉具有温阳益气、补血长肉的功效，是一种滋补强壮食品。山药具健脾、补肺、固肾、益精等功效。与粳米共煮成粥，具有益中补气、健脾胃、催奶的作用。

◆ 五色沙拉

【食材】竹笋80克、豌豆缨10克、黄甜椒15克、小番茄7颗、柳松菇5克，沙拉酱10克、原味酸奶20克。

【烹调方法】

① 竹笋洗净并切成滚刀块，再以加了适量的盐及少许米（加米可去除涩味）的沸水氽烫后捞起放凉备用。

② 黄甜椒洗净切细条，与豌豆缨、柳松菇一起以沸水氽烫，捞起冲冷水放凉；小番茄洗净去蒂备用。

③ 取3颗小番茄放入果汁机中搅打均匀，倒出拌入沙拉酱、

原味酸奶调匀备用。

④ 将①、②的材料摆盘，食用时淋上③中制作的调味酱料即可。

◆ 蔬菜烩豆腐

【食材】豆腐、豆芽菜、胡萝卜、香菇、青椒、高汤、葱末、盐、胡椒、味精、香油、米酒。

【烹调方法】

① 豆腐切大块入高汤及调味料，以小火炖煮约15分钟。

② 胡萝卜去皮、切丝，用滚水煮至熟软，捞出备用。

③ 另起油锅，入葱末爆香，再入香菇炒香后入胡萝卜、豆芽菜、青椒及调料后，略为拌炒并淋在豆腐上即可。

◆ 双菇煮鸡肉

【食材】鸡胸肉、金针菇、香菇、罗勒、马铃薯淀粉、鸡蛋、茶籽油、蚝油、盐、酒、胡椒粉。

【烹调方法】

① 鸡胸肉切细长条，加盐及酒，腌约20分钟，沾蛋液后再加马铃薯淀粉。

② 金针菇去除根部洗净，新鲜香菇洗净切片备用，罗勒亦洗净。

③ 热锅入油，先入鸡胸肉拌炒，再入金针菇、香菇及所有调味料拌炒，待熟软后入罗勒拌炒即可。

 七招应对奶水不足

当你下定决心要为孩子哺喂母乳时，却发现自己的奶水不够，这真是一件非常令人不安甚至沮丧的事情。有许多新妈妈因为这个原因加重了产后忧郁，甚至不再继续坚持母乳喂养。应对奶水不足有何办法呢？

（1）早吸吮，正确含接；勤吸吮，按需哺乳

刚出生的婴儿一天至少要喂8～10次，尤其夜间更要坚持喂。因为夜间母体泌乳素分泌得多，等宝宝睡3小时觉后，一定要将他/她唤醒喂奶，否则奶水分泌会渐渐减少。

（2）吸吮时间要充足，保证完全吸空乳房

如果宝宝只吃到前乳，就得不到含有较高脂肪的后乳。而后乳脂肪含量较高，热量较前奶高2倍，可为婴儿提供充足的能量和多不饱和脂肪酸，有利于婴儿生长发育。如果只吃前乳，就会影响体重增长，也会影响母亲产奶量。

（3）不要过早添加牛奶、奶粉

这是许多年轻父母和祖辈们好心办的一桩坏事。目前，独生子女备受宠爱，长辈们容不得婴儿的几声啼哭。孩子一哭，他们就以为孩子饿了，没吃饱，怀疑母乳不够，便立即加上牛奶或各种"名牌"奶

粉。婴儿消化牛奶时间比母乳长，不易饥饿，从而影响婴儿吸母乳的积极性。吸吮次数减少了，反而导致母亲自身泌乳量减少，最后只得中断母乳喂养。因此，当母亲感到奶水少时，一定要增加喂奶次数，奶水会越吃越多。

（4）不要服用避孕药

在哺乳期最好选用工具避孕或男方避孕措施，哺乳期母亲服用含雌激素的避孕药半个月就会使乳汁分泌量减少。

（5）保持良好的心理状态

心理因素是母乳喂养成败最关键的因素。母亲缺乏哺乳信心和热情，不必要的担心、焦虑和紧张，都会直接影响泌乳素分泌，奶水随之减少。而母亲心情舒畅、充满信心，不受外界各种因素的干扰而动摇，母乳喂养必会成功。

（6）多吃些能促进乳汁分泌的食物

为产妇安排平衡膳食，在配膳中要经常有猪蹄、鸡汤及鲫鱼汤、排骨汤等，还应多吃些黄豆、豆腐、核桃、芝麻等。针灸可选膻中、乳根、天宗、少泽等穴位。一些中药或中成药也可以促进乳汁分泌，如王不留行、黄芪、玉米须、乳母乐等。

（7）坚强信心

产妇自己要建立起母乳喂养的信心，相信自己的乳汁完全能够满足孩子的营养需求；要精神愉快，注意休息，掌握孩子的生活规律，做到喂哺、休息与孩子同步，这样既能促进产后身体恢复，又能喂好孩子。

母乳喂养成功的要点

（1）母婴同室

在医院出生的婴儿尽可能和母亲在同一房间养护，在出生后赤身抱在产妇怀里，与母亲体肤相接触，以增加乳母信心、加深亲子感情和巩固母乳喂养。洪都拉斯在实施母婴同室和鼓励母亲喂奶的医院管理制度后，医院在2年内新生儿死亡数下降了50%，患病的婴儿减少了70%，而且医院节省了用于奶瓶、奶头及配奶方面所花费的大量资金。可见母婴同室有很多优点。

（2）早开奶、按需喂奶

生后30分钟内应让婴儿吸吮母亲乳房，即使开始2、3天甚至1周还没有明显的乳汁分泌，也应每天让小儿吸吮8～12次。产后2周内是建立母乳喂养习惯的关键期，此时乳晕的传入神经很敏感，易于建立诱导催乳素分泌的条件反射。开奶后只要孩子饿了，不论母亲是否感到奶胀，就应哺喂，也就是按婴儿需要随时喂奶。

如果孩子长时间睡眠，应隔2～3个小时叫醒孩子进行喂养。新生儿白天至少每1～3小时喂1次，夜里喂2～3次。

（3）不给初生婴儿喂糖水和牛奶

正常的新生儿出生时体内已储备了一定的水分和热量，只要婴儿频繁地吸吮，初乳还是完全能满足婴儿需要的。如果用奶瓶给孩子喂糖水或牛奶，则不仅会产生奶头错觉、日后拒绝母亲的乳头，还会使婴儿在喂饱糖水或牛奶后失去了渴求吸吮母乳的欲望。乳头由于得不到频繁的吸吮刺激，乳汁分泌就会减慢、减少。

（4）每次喂奶都使乳房排空或挤尽余奶

母亲在每次充分哺乳后应挤净乳房内的余奶，因为这样能使乳腺导管始终保持通畅，乳汁的分泌不会受阻，从而有利于下次泌乳和喷乳。

 **小贴士**

拒绝给新生儿用奶瓶喂奶

吸吮动作是婴儿与生俱来的本能反应。因此在婴儿降生的 1～2 小时里，医生会马上将新生儿放在妈妈的怀里，让母婴进行及时的早期接触。如果新生儿在出生的头几天就接触奶瓶，他不费什么力气就可以吸到里面的牛奶，容易形成"奶头错觉"，从而拒绝费力地进行母乳吸吮。

而且，对新生儿来说，母亲甘甜的乳汁不仅是绝好的食品，还能帮他们蓄积抗体，战胜各种病毒、细菌的侵扰。新生儿一旦对奶瓶产生依赖而拒绝吸吮母乳，将无法获得母乳中的营养。对新妈妈来说，只有新生儿的不断吸吮，才能刺激母体分泌泌乳素和催产素，母乳才会产量丰富。另一方面，没有婴儿的吸吮刺激，新妈妈的奶水会越来越少，最后导致过早断奶，无法再进行母乳喂养。

正确的含乳方式

外观上婴儿的小嘴完全环抱妈妈的乳头和乳晕部分，这时婴儿的表现应该是嘴唇向外凸出（就像鱼嘴一样）而不是向口腔内回缩。一旦婴儿颊部、下颌、耳部出现节律性的协调动作，随后妈妈就能体验到乳汁从乳头流出的感觉以及听到婴儿吞咽声（或者间断呛咳声），有节奏地连贯出现这些现象就说明婴儿正在吸奶。如果婴儿衔接乳头的姿势正确，哺乳是不会有乳头疼痛的（妈妈有乳头皲裂或乳房感染的除外）。

正确的哺乳姿势

（1）半躺式　这种姿势适合于刚分娩后的妈妈坐起来仍有困难的情况。具体是把宝宝横倚着妈妈的腹部，妈妈的背后用枕头垫高上身，斜靠躺卧。

（2）揽球式　这种姿势适合于喂哺双胞胎时，或同时有另一位孩子想依偎着妈妈的情况。婴儿躺在妈妈的臂弯，而妈妈的前臂应托着婴儿的背部和臀部。妈妈身子应稍微前倾，让婴儿靠近乳房。开始喂哺后，躯体便可放松及将身体后倾。这种姿势能让婴孩吸吮下半部乳房的乳汁。

（3）摇篮式　摇篮式喂哺最广为人知。婴儿的头部枕着妈妈的手臂，腹部向内，而妈妈的手应托着婴儿的臀部，方便身体接触。采用这种喂哺姿势时，把脚放在脚踏板上有助身体放松。

（4）侧卧式　在晚上喂哺或想放松一下时，可采用这种姿势。妈妈和婴儿都侧卧在床上，腹部相对，这样婴儿的口便会正对乳头。妈妈的手臂及肩膀应平放在床垫上，只有头部以枕头承托。妈妈可用卷起的毛巾或类似物品垫着婴儿，让婴儿保持同一姿势。

提示：掌握喂哺技巧、保护母亲的乳头

喂奶的母亲全身肌肉都要放松，体位要舒适，这样才有利于乳汁排出。如果婴儿只含住母亲的乳头，并不能顺利地将乳汁吸出来，婴儿因吸不到乳汁，就拼命加压于乳头，往往可造成乳头破裂、出血。

 专家提示

（1）新生儿一天要喂多少次？

在倡导母乳喂养前，人工喂养一般定为3.5～4小时给新生儿喂一次奶，喂完后，再饿、再哭、再闹也不喂。这种定时喂乳往往造成大量空气随婴儿啼哭咽到胃内，待喂奶时空气占据了胃容量，必然吃得少，还会造成吐奶、溢奶、打嗝等。定时哺乳对婴儿心理、生理的成长都是不利的。婴儿饿了就要哭闹，就会影响母亲的休息，使母亲烦躁不安，也会使其家庭成员关系紧张。

母乳喂养的婴儿应该按照"按需哺乳"的原则喂哺。所谓的"按需哺乳"就是不管是白天、夜间，也不管上次吃完奶后几小时、吃了多少。只要婴儿想吃，就要给孩子哺乳。勤哺乳、按需哺乳的好处多多。

● 乳汁分泌增加。通过婴儿频繁吸吮乳头，反射性地刺激乳母催乳素分泌的增强。

● 孩子生长快。勤哺乳、按需哺乳，能使婴儿体重增长快，身长增加快。

● 增进母子感情。按需哺乳使母亲在情绪上得到满足，心灵上更能得到安慰。

● 按需哺乳能使妈妈的乳房及时排空。这样有利于乳汁的再次生成，使妈妈和宝宝能很快地互相适应，这样既能保证宝宝有充足的乳汁，又不会让妈妈由于排泌了过多的乳汁而过多消耗身体中的热量。

勤哺乳、按需哺乳有这么多好处，是因为母乳中含有很多消化酶。这些消化酶使得母乳消化快，易吸收，一般2～3小时就会从胃排空。此时宝宝就会想要吃奶，妈妈们在这个时候喂奶是最好的，符合宝宝的生理需求。只要宝宝需要，妈妈们随时准备喂奶，每次喂奶的时间20分钟左右、不超过30分钟较好，这个时候母乳中的脂肪含量较多，有利于婴儿的成长。

（2）新生儿夜间睡眠还要喂奶吗?

产后的母亲身体虚弱而疲倦，因此有些母亲甚至不愿意在夜间给孩子喂奶。常常隔7～8个小时才给孩子喂一次奶，以为这样既可以让孩子安静地睡一晚上，自己也可以得到充分的休息。而按照按需哺乳的原则，新生儿每隔2～3个小时就要喂奶。

这就会有一个问题，夜间妈妈们可能会很辛苦，那么该怎么办呢?

首先要指出，夜间7～8个小时才给宝宝喂一次奶是不对的。这样既会使乳汁分泌量减少，也会影响孩子的身体健康。一般来说，夜间催乳素的分泌要比白天多，夜间喂奶可使婴儿吸吮的次数增多。而且从生理上，每次哺乳都是为下一次的哺乳进行准备，如果夜间不给孩子吃奶，24小时内婴儿的吸吮次数减少将直接影响乳汁分泌量。

而且，与人工喂养相比，母乳更易消化。6周以下的婴儿，很少可以一次睡5小时以上而不会因饥饿而醒来的。如果夜间不喂奶，将直接导致婴儿的体重下降，抵抗力降低，严重的还可导致发育不良。

正确的做法应该还是按需喂养，新生儿往往每隔3个小时左右就会醒来吃奶。当然，有总是想吃奶的婴儿，也有爱睡的婴儿。我们应分情况对待。

● 总是想吃奶的婴儿，如果夜间醒来要吃奶，为了孩子的健康，妈妈们在这段时间，不要怕辛苦，一定要坚持夜间喂奶才好。

● 爱睡的婴儿总是在睡觉，不怎么吃奶。如果家里有这样的婴儿，妈妈们要先观察，婴儿除了爱睡不吃奶外，有没有面色不好、四肢发凉、呼吸急促或不规律的现象，如果有这种现象，就要带婴儿去医

31

院检查。如果婴儿面色红润，呼吸平稳，妈妈们就不要着急了，这是个安静的婴儿。白天通常是3个小时叫醒喂奶，夜间可以适当延长时间或者等宝宝醒来再喂，这样有利于妈妈休息。但是，要掌握这样一个原则：24小时内喂奶不应少于8次，每次喂奶时间不少于20分钟。

妈妈们尽量争取能与婴儿同步休息，休息得好，母乳才会不断增加。新生儿时期是一个调整的时期，过一段时间以后妈妈和宝宝就能配合得很好了。

（3）如何知道新生儿吃饱了？

● 从新生儿下咽的声音上判断。宝宝平均每吸吮2～3下可以听到咽下一大口的声音，如此连续约15分钟宝宝不想吃了，就可能是宝宝吃饱了。如光吸不咽或咽得少，说明奶量不足。

● 孩子吃奶后应该有满足感。如喂饱后会对你笑，或者不哭了，或马上安静入眠，说明孩子吃饱了。如果吃奶后还哭，或者咬着奶头不放，或者睡不到2小时就醒，都说明奶量不足。

● 注意大小便次数。在奶量够的情况下，母乳喂养的新生儿每天排尿8～9次，排便4～5次，为金黄色稠便；牛奶喂养的新生儿的大便是淡黄色稠便，每天大便3～4次，不带水分。水分不够的时候，尿量不多，大便少，呈绿色稀便。

● 看体重增减。足月新生儿头1个月每天体重平均增长35克左右，头1个月增加960～1100克，第2个月增加1000克左右。如果是体重增长不足甚或减轻了，大多与喂养不当有关，应及时向保健部门咨询或到医院检查。

（4）巧办法促爱睡宝宝多吃奶

安静型婴儿常常不能自己醒来吃奶，常给初为人母者添加不少担心和忧虑。有时候婴儿吃上四五分钟奶，就感觉吸吮力不强了，好像要睡着了一样，这时一定不要让他睡着，因为他没有吃饱，一会儿又会醒来吃奶。这样反复，宝宝既没有吃好也没有睡踏实。还养成一个不好的习惯，就是含着妈妈的奶头放不下来，这样会导致妈妈特别疲劳。妈妈要想办法保证不让婴儿在吃奶的时候睡觉，最好能连续吸吮20分钟左右，但最长不宜超过30分钟。

妈妈们可以试着拍拍宝宝的小屁股、拨下奶头、挠一下婴儿的脚心或搓搓他们的小耳朵等办法。总之，让他继续保持有力度的吸吮，这样几次之后，妈妈的奶就被吸空了，宝宝也就吃饱了。而且，宝宝也吃累了，能睡个踏实觉。通过练习，宝宝会习惯这样的哺乳方式，妈妈的奶也会渐渐多起来。在宝宝稍大一些后，这种情况就会好转，妈妈们不必着急。

（5）母乳喂养的新生儿要喂水吗？

在母乳充足的情况下，母乳喂养的新生儿一般不需要喂水或果汁，此期的母乳为初乳及过渡乳，乳汁中除了含有蛋白质、脂肪、糖、维生素、矿物质外，还有丰富的免疫成分及水分，能满足宝宝生长发育的需要。此外，母乳喂养儿肾脏的溶质排出负荷低，也不需要增加水分。因此，在新生儿期母乳喂养的宝宝不需要喂水、果汁或添加任何辅食。

（6）如何为新生儿拍嗝？

在吃奶的过程中，宝宝小小的胃里不断随吞咽奶汁而裹进空气，通常需要别人帮助才能排出来。为防止咽下大量空气，喂奶时应尽量抱起宝宝，让宝宝的身体处于45°左右的倾斜状态，使宝宝胃里的奶液自然流入肠内，空气在胃的上部；喂奶后再抱起宝宝，使头部伏在母亲肩上，轻拍背部直至打出响嗝。待胃内气体排出后，再放平并取右侧卧位，头部稍抬高，过会儿再改为仰卧位，这样就可以减少吐奶的发生。尽量利用喂奶过程中的自然停顿时间来拍嗝，比如宝宝放开奶头或换吸另一侧乳房时。待喂奶结束后，也要再次给宝宝拍嗝。

在给宝宝拍嗝的过程中，要注意正确的拍打手法。有些爸爸妈妈常常因为等待宝宝排气的时间较久而偷懒，直接伸平手掌拍打宝宝的背部。这种手掌拍打，如果力度太大，容易伤害宝宝的内脏。正确的手部姿势是：手掌呈中空状，轻轻拍打背部、利用回震帮助宝宝排气。还需要注意：

- 拍打时必须从上往下拍打，而不是从下往上；
- 拍打时不可太轻，或者轻揉背部，这样拍不出气；
- 不能放在爸爸妈妈膝盖部拍打，这样的方式会造成宝宝胃部不适；
- 在宝宝喂食到一半时，如有必要可帮助排气，再继续让他/她将奶吃完；
- 除了拍背之外，你还可以给孩子变换适宜体位以帮助排出气体。

（7）切勿让新生儿含乳头睡觉

新生儿的鼻腔比较狭窄，在睡眠时常常口鼻同时进行呼吸，如让新生儿含着母亲乳头睡觉，乳房就会把他（她）的口鼻堵住，这不但容易造成婴儿窒息，还容易使母亲乳头发生皲裂，甚至感染化脓。不仅如此，吃奶后如果有溢奶或呕吐，因为口含着奶头，奶汁或呕吐物不能随口吐出，会反流入气管或肺内造成急性窒息。如果母亲白天劳累，晚上睡得很熟，不自觉地翻身可能压迫睡在身旁含着奶头的婴儿，而婴儿又无解脱能力，可能造成窒息而死亡。

不要在新生儿睡觉时喂奶。因此时意识不清，宝宝口咽肌肉的协调能力不足，不能有效保护气管口，易使奶水渗入造成吸呛的危险。也因睡觉时进食引起的消化道神经反射微弱、食欲和消化功能都降低，不但效果不好，也容易养成不好的进食习惯。

建议母亲在婴儿清醒时喂奶。一定要抱起来喂，喂后轻拍背部，待吐出空气后使婴儿向右侧卧；枕头可略高一些，防止呕吐后引起的窒息。

（8）母乳喂养过程中经常会遇到的问题

① 奶胀、乳房疼痛

● 不急于进补。切记不要在孕妇分娩后马上进补汤汤水水的催奶补品。这些食物必须在开奶后才进补，以免孕妇奶胀，增加痛苦。

● 坚持喂奶。哪怕乳房再痛也要天天坚持让宝宝在乳房上吸吮，应不少于6次，且吸吮时间越长越好。要让宝宝每次都含住乳晕。两边乳房轮流吃，最好每次两边都吃。这样刺激会多一些。

● 热敷乳房。用热毛巾敷乳房，并适当的进行按摩。这样可以散消硬结，有利于乳汁分泌。

● 当乳母有胀奶感觉时，用新鲜卷心菜叶子将乳房包住，再穿上文胸。必要时买一个手动吸奶器，让丈夫帮助吸奶。

②新妈妈怎样挤奶

● 手工挤奶法

挤奶最好由乳母自己操作，这样能够更好地控制力度，避免乳房损伤。挤奶前要洗干净双手。找一个舒适的位置坐下，把盛奶的容器放在靠近乳房的下方。挤奶时，把拇指放在乳头、乳晕的上方，示指放在乳头、乳晕的下方，其他手指托住乳房。拇指、示指向胸壁方向挤压，挤压时手指一定要固定，不能在皮肤上滑来滑去。最初挤几下子可能奶不下来，多重复几次奶就会下来的。每次挤奶的时间以20分钟为宜，双侧乳房轮流进行。例如，一侧乳房先挤5分钟，再挤另一侧乳房。如果孩子一整天都不吃奶的话，一天应挤奶6～8次，这样才能保证较多的泌乳量。

● 热瓶挤奶法

对一些乳房肿胀、疼痛严重的乳母，由于乳头紧绷，用手挤奶很困难，可用热瓶挤奶法。取一个容量为1升的大口瓶（注意瓶口的直径不应小于2厘米），用开水将瓶装满，数分钟后倒掉开水。用毛巾包住拿起瓶子，将瓶口在冷水中冷却一下。将瓶口套在乳头上，不要漏气。一会儿工夫，瓶内形成负压，乳头被吸进瓶内，慢慢地将奶吸进瓶中。待乳汁停止流出时，轻轻压迫瓶子周围的皮肤，瓶子就可被取下了。

● 吸奶器挤奶法

吸奶器可在商店购买。挤压一下吸奶器后半部的橡皮球，使吸奶器呈负压，将吸奶器的广口罩在乳头周围的皮肤上，不让其漏气，放松橡皮球，乳汁慢慢地流入吸奶器容器内。待没有压力时，再重复挤压橡皮球。当吸奶器中的奶较多时，应将奶倒入准备好的容器内。每次吸奶前都要将吸奶器消毒。

③ 新生儿呕吐后能马上再喂奶吗？

新生儿的胃容量小，呈水平位，食管较松弛，而与食管连接的贲门括约肌发育不成熟，胃肠蠕动的神经调节功能也较差，很容易发生呕吐。遇到这种情况时要根据新生儿当时的状况而定。有些新生儿吐奶后一切正常，也很活泼，则可以试喂，如新生儿愿意吃，那就让新生儿吃好。有些新生儿在吐奶后胃部不舒服，这时如马上再喂奶，新生儿可能不愿吃，这时最好不要勉强，应让新生儿胃部充分休息一下。一般情况下，吐出的奶远远少于吃进的奶，所以，家长不必担心，只要新生儿生长发育不受影响，偶尔吐一两次奶，也无关紧要。当然，如每次吃奶后必吐，那么就要做进一步检查。

④ 新生儿拒乳

在为新生儿哺乳时，通常会遇到孩子拒绝母亲乳房的现象，归纳起来大致有以下四种原因和解决办法。

● 母亲的乳房可能因为肿胀而使新生儿很难吸吮。母亲可以用一块温热、柔软、洁净的纯棉毛巾热敷乳房，也可以试着挤出一些乳汁，使乳房稍微松软一些，新生儿就比较容易吸吮乳头。

● 母亲的乳汁可能流出太快，新生儿吸吮时常常噎着。这时，母亲可以先挤出一些乳汁减轻乳房压力，或者可以用中指和示指夹住乳房，减小乳汁的流量。

● 母亲的乳房可能盖在新生儿的鼻孔上，使宝宝因呼吸困难而拒绝母亲的乳房。这时只需母亲轻轻地将乳房移开孩子的脸就可以了。

• 宝宝的鼻子可能不通气，吸吮时呼吸受阻而影响吃奶。解决的办法是清除鼻腔分泌物或遵医嘱使用一些滴鼻剂。宝宝鼻子一旦通气，自然就会正常吃奶。

⑤ 妈妈患病可继续母乳喂养吗？

• 当母亲患有一般感染性疾病如上呼吸道感染、产褥热等时，可以继续母乳喂养，同时积极治疗感染。因为在发现患病之前多数母亲已将感染病毒或细菌传染给了婴儿，此时通过喂奶可将乳汁中相应的抗体输给新生儿，有助于其抵抗感染。

• 当母亲患有某种传染性疾病时，如处于非急性期或非活动期，或非开放性结核病在治疗疾病的同时可继续喂奶。

• 当母亲患有高血压、心脏病、糖尿病、肾脏病时，如无严重并发症，经医生同意可以喂奶。

• 当母亲单纯乙肝表面抗原阳性时经医生同意可以喂奶。大多数常用药物对乳母是安全的。母亲生病时应征求医师的意见，医师将慎重选择对孩子影响小或较少经乳汁排出的药物治疗乳母疾病。

⑥ 母乳喂养新生儿的"腹泻便"如何应对？

母乳喂养的宝宝可能会在一段时间内排出稀便，有的是绿色带水，不成形，混有白色的奶块，还有透明的线状黏液；有的像打碎的鸡蛋黄似的。这种黄黄绿绿的"腹泻便"，有时一天要拉七八次。对这种"腹泻便"，妈妈不必担心。母乳是无菌的，不会引起消化道疾病，用不着为此抱宝宝上医院打针吃药，给宝宝造成痛苦。只要婴儿体重不断增加，食量正常，精神也好，就不要疑心"消化不良"了。等宝宝长大些，加食牛奶和其他辅食，自然会使大便成形。"腹泻便"与母亲的饮食也有很大关系，母亲应该回避油腻的和寒凉的饮食。如果宝宝粪便有臭味，宝宝呕吐，不肯进食，尿布上有血，或者完全是水样腹泻，次数较多，就一定要去看医生了。

⑦ 乳汁太多的对策

母乳过于充足的妈妈常遇到这样的尴尬事，就是乳汁常常会自己悄悄地流出来，沾湿衣服，要是在公共场合，那可真是太狼狈啦。晚上睡觉的时候，衣服、被单也会全部湿掉，奶渍洗不掉不能穿会浪费好多衣服。

母乳多的妈妈可以在乳罩里放一个防溢乳垫，用来接住溢出来的乳汁，避免尴尬。最好是买一对"乳盾"，放在乳罩内，把流出来的奶积起来，倒在奶瓶内就可以喂哺婴儿了。乳盾的使用方法是：拿起清洁过的乳盾，将带圆孔的一面套在乳头上，外套乳罩；将带小气孔的内面朝上，避免奶水流出来；奶水快积满时取出乳盾；将奶从小气孔处倒入奶瓶内，热水温过后给宝宝吃；用完后，拧开乳盾清洗，晾干，下次再使用。

 小贴士

母乳过于充足，宝宝每次稍一吮吸，奶水就会喷涌而出，小宝宝来不及吞咽，就会呛奶。有的宝宝被呛奶后就害怕吃奶了。有的婴儿在每次吃奶的时候哭闹，或者拒绝吃奶。

为了避免上述问题，乳汁过多的妈妈们可以试着在喂奶

第二章 喂养知识

39

的时候用二个手指夹住乳头，也就是俗称的"剪刀式"，来控制奶的流量。

（9）学会用挤奶器挤奶

吸奶器选购电动或手动的均可。选择适合你的吸奶器，取决于你打算使用的频率，以及能够在吸奶上花多少时间。如果你在全职工作，需要忙里偷闲地从工作中挤出时间来吸奶，那么你需要使用全自动吸奶器，因为这样可以同时吸两侧乳房里的乳汁。功能好的电动吸奶器通常用10～15分钟，就可以吸完两个乳房里的乳汁。如果你使用的是电动吸奶器，你只要把罩杯扣在乳房上，开动机器，它就会自动把乳汁吸到相连的容器里了。

不过，如果你只是偶尔需要吸出一些乳汁，以便在你外出的时候，可以让其他人帮助喂宝宝，那么你只需要买一个便宜的手动吸奶器就足够了。手动吸奶器也要利用罩杯，只不过你是用手动挤压装置或拉动活塞来吸奶。

好的吸奶器会模拟宝宝吮吸乳汁的动作，所以，不会让你感到疼痛。但是，你一定要选择适合自己乳房的塑料罩杯，并放正位置，这样，才不会被夹痛或刺激到乳房。

如果你使用的是全自动吸奶器，刚开始时，你可能会感到吸力很大，虽然不疼，但感觉会有些奇怪。你可以考虑买一个吸乳胸罩，这样你就不用一直捧着吸奶器的罩杯了。你可以空出手来拿着书或杂志，一边吸奶，一边看书或工作了。记住，每次使用后，一定要认真清洗吸奶器的各个部件，以免细菌进入吸奶器。

过去有人主张每次喂奶后都应将多余的乳汁挤出来，以利下次泌乳。虽然挤奶越空，产奶越多，但是这样做破坏了母婴间的供需量关系，造成不必要的浪费，而母亲产奶消耗体能（热卡），负担过重，不利于产后恢复。因此，除了妈妈要上班时为坚持母乳喂养而挤奶，只有遇到下列情况才需要挤奶。

- 产后母亲奶胀而婴儿又不能很好含接时；
- 早产、低体重儿不能吸吮时；
- 解除乳腺管堵塞或乳汁淤积；
- 孩子练习吸吮凹陷乳头时；
- 孩子拒绝吸吮时；
- 婴儿有病吸吮不足时；
- 婴儿或母亲生病、要保持乳汁分泌时；
- 妈妈胀奶或者为了减轻漏奶时。

（10）怎样储存挤出的母乳

多数妈妈产假结束后，都要重返工作岗位。为了坚持母乳喂养，只能把白天分泌的母乳保存起来，留给婴儿第二天吃。当然，妈妈们保存母乳还有一个原因就是母乳很充足，吃不完而存起来备用。母乳在不同保存方式下的期限，国际母乳协会根据多年的研究成果，给出下面的参考值。冰箱冷藏室里保存不超过24小时，冷冻保存3个月。

需要注意的是：

- 吃多少取多少，不要反复冷藏冷冻；
- 排好时间顺序，先存先吃；
- 保存母乳最好使用密封良好的塑料制品，其次是玻璃制品，最好不用金属制品，因为母乳中的活性因子会附着在玻璃或金属上，从而降低母乳的功能成分；
- 储存时间久一点的母乳会分解，看上去有点发黄，有的发蓝或呈棕色，这都是正常的。

从乳汁的成分来看，最先吸出的乳汁中蛋白质含量高，脂肪含量低，后来的乳汁中脂肪含量逐渐增高，蛋白质的量逐渐降低。所以，如果妈妈的乳汁足够多，婴儿食量小，妈妈一定要让宝宝先把一个奶吃空，这样既保证前奶，又有后奶，使宝宝能得到全面的营养。另一侧吃不完可以挤出来存储起来备用，但下一次喂奶时，一定从没有吃的那个乳房开始吃。

（11）怎样加热挤出的母乳？

母乳挤出后，有的放在冰箱里保鲜，有的放进冷冻室冻成奶块留待几个月以后食用。在取用母乳时需要进行加热，在加热时要保证母乳的营养不被破坏，才算是母乳保存成功了。

● 对于室温下保存的母乳，在给婴儿喝前，可以用热水隔着奶瓶烫一下，待温度合适了给婴儿喝就可以了。热水不能太烫，要求水温控制在60摄氏度以下。也可以用专用的暖奶器加热到适合婴儿喝的温度。最好不用微波炉直接加热，因为很不好掌握温度，不仅容易烫着孩子，而且会破坏母乳中的营养成分。

● 在冰箱里冷藏的母乳，可以提前把冷藏的母乳放在室温下放一会再加热，可以用热水隔着奶瓶烫热，也可以用暖奶器加热，这样可以让冰奶热得更快。加热后的母乳如未能用完，应该丢弃，不能重新冷藏，也不能继续放在室温下保存。

妈妈们在解冻冷冻的母乳时，先在冷藏室或者常温下解冻，然后再放在热水中隔着奶瓶加热。直接放在水中煮会破坏母乳中的营养成分。解冻后的母乳应尽快喝掉，不能重新冷冻了。

（12）如何保证挤出的母乳饮用安全

挤出来的母乳存在饮用安全的问题，在整个挤奶—保存奶—加热奶一系列过程中，妈妈们都要小心操作。无论采取何种取奶方式，都应事先清洁双手及吸奶器。乳汁挤出后，立即装入已消毒过的干净奶瓶中或冷冻塑料袋里。

● 乳汁吸出后，经过4摄氏度以下冷藏，必须在24小时内喂完。要想保存1周左右，须冷冻。

● 在奶瓶或冷冻袋的外面贴好标签，详细注明时间，按时间先后给宝宝食用。

● 保存母乳时，最好在奶瓶外面裹一层保鲜膜，防止水分蒸发，有利于保鲜。

● 不要把挤出的乳汁放进装有原先挤有乳汁的容器中。在外暴露的奶可能会滋生很多细菌。

● 不要使用微波炉解冻母乳，因为温度不均或太高会破坏母乳中的免疫物质。可把容器放在盛有温水或凉水的盆里解冻；如果时间紧迫，可用流水冲。食用前要摇晃几下，因为奶水冻结后会产生分离。解冻后的母乳须在3小时内尽快食用，不宜再次冷冻。不能反复存取。

（13）通过粪便外观判断母乳喂养情况

经常看到慌里慌张的父母带着孩子来看病，因为他们认为宝宝在拉肚子。其实，这是健康母乳喂养儿的正常现象，即使大便有些绿、稀、存在奶瓣，爸爸妈妈们也不要太担心。

足月儿出生后12个小时左右会排出墨绿色的糊状便，称为胎粪，一般2～4天就排完了。胎便排完后，再排的便就是黄色的了。母乳喂养的婴儿，由于母乳有通便作用，所以能更好地排净胎便。

妈妈们要学会观察婴儿的大便。大便能真实地反映宝宝的身体状况。一般来讲，母乳喂养的婴儿，经常会排出黄色糊状大便，而且次数较多，甚至每片尿布都有些黄色大便。

有很多母乳突然多起来的妈妈会发现，婴儿的体重增加得比上周快，这就可以判断喝母乳的量增加了。如果母乳过少，婴儿体重不增，而且大便发绿，就可能是母乳不足了，妈妈就要加强哺乳增加婴儿吸吮。增加喂哺次数，这一问题就能解决了。

（14）什么情况下不宜母乳喂养，需要回奶？

乳母患有以下疾病时不宜母乳喂养，需要回奶。

● 乳母患有急慢性传染病，如病毒性肝炎、活动性肺结核、伤寒、痢疾等。

- 乳母患有严重的心脏病、心功能不全时。

- 严重的肾脏疾病伴有肾功能衰竭时。

- 糖尿病合并有严重脏器损害时。

- 有慢性消耗性疾病如恶性肿瘤等。

- 乳母是精神病患者不宜哺乳。因为她有可能危害婴儿；另外母乳喂养会增加乳母负担导致精神病发作。

- 分娩时失血过多，身体非常虚弱者。

- 婴儿患有先天性代谢病，如苯丙酮尿症、半乳糖血症等。

- 妈妈经常直接接触工业有害物质，如有机磷、汞以及塑料、合成纤维等化学品生产时，其乳汁中可能含有这些有毒物质，影响婴儿健康。

- 母亲因患病而服用对婴儿有影响的药物时，如链霉素、氯霉素、甲硫氧嘧啶等。因这些药物可以通过乳汁危害婴儿。通常在医师指导下，用药期内应停止哺乳，但必须将乳房内的乳汁定期排空，以保证乳汁的持续分泌，停药后保证乳汁的充足及继续哺乳。

（15）乳头皲裂是怎么造成的？

乳头皲裂发生在哺乳期妈妈乳房上，俗称乳癣，中医称为"奶头风"。表现为乳头、乳晕部发生大小不等的皮肤裂口，有的严重到乳头可部分断裂或者乳头几乎从乳晕上脱落。喂奶时痛如刀割，常在愈合后复发。

造成乳头皲裂的原因如下。

- 喂奶姿势不当，尤其是宝宝含接奶头姿势不当。

- 宝宝吃奶时间过长。

- 乳头皮肤娇嫩，不耐婴儿吸吮或婴儿吮吸时咬破乳头。

- 乳头畸形，如扁平乳头、乳头内陷，造成婴儿吸吮困难。

- 乳汁过多外溢，乳头皮肤被长期浸渍在乳汁中，引起乳头糜烂或湿疹。

- 病菌可由乳头皲裂处进入乳房组织内，引起急性乳腺炎等乳房疾患。因此，预防皲裂的发生是至关重要的。

  预防的方法如下。

- 保护乳头。用玻璃罩或者橡皮乳罩盖住乳头，或用消毒纱布包住乳头以免触碰，以减轻疼痛。

- 勤换内衣。尤其是要使内衣保持清洁、干燥。

- 清洁乳头。授乳前后用温开水清洗乳头乳晕。

- 手挤乳汁。乳头皲裂严重时，应暂停哺乳，将乳汁用手挤出再喂婴儿，以减轻炎症发展，促进皲裂愈合，待皲裂愈合后再哺乳。

- 纠正畸形。对扁平乳头、内陷乳头应积极给予纠正。

- 良好的哺乳习惯。虽然喂奶次数没有限制，但是应两侧乳房交替喂奶，单侧时间不要超过15分钟。

- 哺乳时间不要过长，每次10～15分钟，每4小时1次。

  药物处理方法如下。

- 对经久不愈的皲裂口，可用10%鱼肝油铋剂或复方安息香软膏等涂搽，也可用少许25%硝酸银轻涂患处，再用生理盐水洗净，可促使裂口愈合。

（16）胀奶时如何进行母乳喂养？

不少哺乳妈妈有过这样的经历，当乳汁开始分泌时，乳房开始变热、变重，出现疼痛，有时甚至像石头一样硬。乳房表面看起来光滑、充盈，连乳晕也变得坚挺而疼痛。在这种情况下，即使妈妈强忍着胀痛哺乳，宝宝也很难含到妈咪的乳头。这就是"胀奶"。

胀奶主要是因为乳房内乳汁及结缔组织中增加的血量及水分所引起的。孕妇从怀孕末期就开始有初乳，当胎盘娩出后，泌乳激素增加，刺激产生乳汁，乳腺管及周围组织膨胀，在产后第3～4天达到最高点。如果妈妈在宝宝出生后未能及早哺喂，或哺喂的间隔时间太长，或乳汁分泌过多，宝宝吃不完，均可使乳汁无法被完全排出，乳腺管内乳汁淤积，让乳房变得肿胀、疼痛。此时乳房变硬，乳头不易含接，妈妈会因怕痛而减少喂奶次数，进而造成乳汁停流，加重胀奶。

预防胀奶的最好方法是让宝宝及早开始吸吮，在出生半小时内开始哺乳，这样乳汁分泌量也会较多。注意哺喂次数，约2～3小时1次，以排出乳汁，保证乳腺管通畅，预防胀奶。如果乳汁分泌过多，宝贝吃不了，应用吸奶器把多余的奶吸空。这样既解决产妇乳房胀痛，又能促进乳汁分泌。

一般情况下，及时多次吸吮1～2天后，乳腺管即可通畅。但是乳房过度肿胀，妈咪往往疼痛难熬，此时可采取与乳腺炎护理相同的步骤舒缓不适。详细情况参见乳腺炎护理。

（17）乳腺炎的护理和治疗

无论乳房疼痛的起因是乳腺管堵塞还是乳腺炎，治疗方法都一样：多用发炎一侧乳房喂奶、热敷、休息。

- 母乳喂养。频繁地喂奶有助于避免乳房过度胀满，也保持乳汁流畅。只要乳房摸上去柔软温热，没有脓肿，炎症不严重，就可以让宝宝至少每2个小时吸一次，包括夜间，先喂发炎的一侧乳房。

● 热敷按摩乳房。首先是热敷，用热毛巾热敷乳房可使阻塞的乳腺管变得通畅，改善乳房循环状况。热敷中，注意避开乳晕和乳头部位，因为这两处的皮肤较嫩。热敷的温度不宜过高，以免烫伤皮肤。然后按摩放松。按摩的目的是帮助乳房运动，使乳房微热，软化肿块。一般以双手托住单侧乳房，轻柔而坚定地进行环状按揉，从硬块后方开始，从乳房底部交替按摩至乳头。之后是挤奶，将乳汁挤出，喂给宝宝。痛得厉害时，可使用手动或电动吸奶器来辅助挤奶。最终是冷敷。一定要记住先将奶汁挤出后再进行冷敷。

● 休息是治疗手段的第三要素。乳腺管堵塞或者乳腺炎通常标志着母亲过于操劳，过度疲惫。如果有可能，推掉一切活动，和宝宝一起上床休息，直到感觉好一些。如果现实不允许，那么至少取消额外的活动，每天给自己多安排1~2小时的休息时间。

（18）宝宝能吃乳腺炎妈妈的乳汁吗？

乳腺炎因病情不同而分为如下几期。

● 乳汁淤滞期 乳房肿胀疼痛，有界限不清的硬块，乳汁排出不畅，皮色或红或白，伴有发热、恶寒、乏力等症状。

● 炎症浸润期 乳房增大，红肿胀痛，局部触摸有热、硬感，压痛。患侧腋窝淋巴结肿大、疼痛，伴有高热、寒战等中毒症状。

● 脓肿期 乳房肿胀处呈持续胀痛，如脓肿表浅，可摸到波动感。并伴有高热不退等症状。反复感染会出现乳瘘，就需要切开排脓，或者乳疮自身会破裂、排脓。

①脓肿期如何处理?

如果妈妈持续发热、症状加重,或双侧乳房发炎、乳头看上去有感染、奶中有脓或血、疼痛部位周围有红纹或者严重的突发症状。这些都表明有病菌感染,需要到医院检查治疗,一般都要使用抗生素。如果使用抗生素,一定要坚持用完整个疗程。

②乳疮如何处理?

生了乳疮,母乳喂养还可以继续吗?过去的例行办法是:一旦发生乳腺炎,就立刻推荐断奶。但是国外的经验证明,如果乳房不变得过于胀满,继续喂奶可使乳腺炎痊愈得更快,也减少了发展成乳疮的危险。在不让宝宝接触到刀口的情况下,可以继续让宝宝在发炎的一侧乳房吃奶。如果刀口贴近乳头,你可以让宝宝继续在没有发炎的一侧吃奶,将发炎一侧的乳汁挤出来扔掉,直到脓排净,这样可以防止乳房过于胀满。几天后,妈妈就可以让宝宝重新回到发炎的一侧吃奶。

③如何防止乳腺炎发展为乳疮?

乳腺炎极少会发展成乳疮,尤其是及时采用如下治疗措施的人。

• 长期服用预防性抗生素。几周之内重复发生的乳腺炎往往是上一次发炎没有彻底治愈的结果。如果服用抗生素,一定要服用完整个疗程。而且在治愈感染以后,两三个月内每天服用小剂量抗生素,以预防反复感染。

• 改变饮食习惯。每天加一勺卵磷脂可能有助于预防乳腺管反复发生堵塞。有些妈妈发现,如果免除或者至少降低对饱和脂肪酸的摄

49

食，乳腺管堵塞就会减少。

> 奶量比较多的妈妈，如果婴儿总是吃不完，又不把剩余的乳汁挤出的话，会增加患乳腺炎的危险，还会使奶量渐渐减少。如果乳汁特别充足，每次都要浪费一部分的话，妈妈们就要想办法控制一下，因为产生乳汁也是对妈妈身体的消耗。如果奶量过多，可以在每次给宝宝吃奶之前先挤掉一部分，让奶不那么冲了再喂给宝宝，挤出来的奶如果觉得可惜想留着也可以冷冻保存着，留着给宝宝以后吃，冻奶可以存放3个月。喂奶的时候用两个手指夹住奶头，可以控制住流量。宝宝们是很聪明的，奶太多喝不过来了他们就会把奶头吐出来。控制流量可减轻宝宝呛奶。

（19）新生儿需要补充维生素D和钙吗？

缺乏维生素D是目前大多数宝宝钙磷代谢失调的主要原因，通常被叫做"缺钙"。维生素D可以促进钙的吸收和利用。当宝宝体内缺乏维生素D时，钙的吸收就会受到影响，进而影响宝宝骨骼的生长发育，形成"佝偻病"。

为了避免"佝偻病"的发生，宝宝从出生后2～4周就可以开始补充维生素D（如鱼肝油）了。正常婴儿每天需要维生素D的推荐量是400～800国际单位，一直持续到2岁左右。如果2岁时正值冬天，则延长到冬天结束。

一般来讲，妈妈出院带药中就有一盒维生素D，妈妈们在婴儿15天的时候就可以给婴儿喂食维生素D，最晚不超过满月。尤其是出生在冬天的宝宝，晒太阳的机会不多，而母乳中维生素D的含量相对较少，就需要补充维生素D来帮助钙质的吸收。

多数维生素主要从食物中得到，维生素D比较特殊，主要是靠太阳的照射得到的。宝宝皮肤内的7-脱氢胆固醇受到紫外线照射后，会转化成维生素D。带宝宝晒晒太阳非常有必要，因为自己皮肤产生的维生素D不存在中毒问题。

宝宝晒太阳要注意如下几点。

● 避免在强阳光下晒太阳。宝宝的皮肤比较嫩，强阳光直接照射会损伤皮肤（医学上称晒伤）。

● 逐渐延长户外阳光照射时间。开始时每日10～15分钟，然后逐渐延长到每日2小时左右。晒太阳时，除头面部外尽可能多暴露宝宝的皮肤。

● 不要在室内隔着玻璃晒太阳。皮肤生产维生素D主要靠阳光中的紫外线，而玻璃会阻挡太阳光中的紫外线，所以隔着玻璃晒太阳达不到预期的效果。

除了晒太阳，还需另外补充维生素D，如适量添加鱼肝油。2岁以下的宝宝，由于生长发育快、身体皮肤体表面积较小，靠自己皮肤产生的维生素D是不能满足需要的。

此外，多吃富含维生素D的食物。维生素D主要存在于海鱼、动物肝脏、蛋黄和瘦肉中。另外，脱脂牛奶、鱼肝油、乳酪、坚果和海产品、添加维生素D的营养强化食品等也含有丰富的维生素D。维生素D主要来源于动物性食物。植物性食物几乎不含有维生素D。

如果宝宝出现夜惊、睡眠不安、哭闹、多汗等佝偻病早期症状时，应请医师检查后再适当补钙和鱼肝油。只要控制好剂量，鱼肝油也是很有效的促进钙吸收的食品。维生素D的预防量是每天400国际单位。要提醒妈妈的是：鱼肝油和钙粉不一定要同时服用，一般鱼肝油可以在吃早点时服用，钙制剂一般在临睡前服用，也可在午餐和晚餐之间服用，以减少食物中影响钙吸收因素的干扰。

如果要给宝宝口服纯维生素D制剂，最好在医生指导下服用，因为服用过量会有很严重的副作用。

在维生素D摄入适量的情况下，为了满足宝宝每天钙的需要量，可以补充一些钙剂，尤其是人工喂养的宝宝补充钙剂的时间与补充维生素D基本相同，补充（元素）钙的量为每日100～200毫克。母乳喂养的宝宝稍晚1～2个月补充钙也可以，不额外补充钙剂也是可以的，但应该补充鱼肝油。

人工喂养

产妇缺乏乳汁或患病等原因而不能哺乳，改用动物乳（牛乳、羊乳及奶粉）或植物源性食品代替母乳喂养时，称为人工喂养。原则上应坚持母乳喂养，特殊情况下采用人工喂养。

 ## 什么情况下采用人工喂养

产妇乳汁较少或"缺奶"的情况，通常是身体极其虚弱、营养不良或产时失血过多。其中有些产妇经过调养和加强营养，还是可以增加泌乳的，但如果身体太虚，给婴儿哺乳也会导致产妇身体难以支撑，也只好采用人工喂养。不宜坚持母乳喂养的包括母亲患有严重病症，如感染艾滋病或艾滋病毒（HIV）检测阳性，或肝炎正处于活动期，有通过哺乳感染婴儿的危险；患有活动性结核病，有严重心脏、肾脏疾病和贫血的，以及未控制的糖尿病等时，哺乳会过度消耗母亲体能，不利于身体健康，甚至会造成母亲健康恶化。当母乳严重分泌不足时，经调养及增乳措施后仍无明显改观时，可以考虑人工喂养。也有的母亲因工作等原因实在不能哺乳时，只能采用人工喂养。

人工喂养的实用性

首先，人工喂养宝宝的工作可以由别人来分担，减轻妈妈的劳累，使妈妈摆脱喂养操劳获得较多自由，摆脱哺乳的约束，得到更好的休息，并且有时间从事自己的工作或其他事务。

其次，人工喂养让宝宝和更多的家人亲密接触，可以促进家庭成员与宝宝感情的建立与情感培养；增加爸爸对妻子、宝宝与家庭的责任感与信心；促进夫妻感情发展，避免分娩后夫妻感情产生距离等。

第三，便于掌握喂奶的量。采用人工喂养，可以清楚掌控每次宝宝的饮奶量。

第四，使用方便。如使用奶粉，无论是母亲、保姆或是其他人，在任何时间任何地点都可以给宝宝喂奶。

人工喂养的不足之处

● 人工喂养使用的婴儿配方奶粉在许多营养成分上比照母乳，但细微之处还不能达到母乳的水平。更主要的是母乳中含有多种维护婴儿健康的免疫成分（抗体）及活性物质，这是当前任何国内外优良配方奶粉都无法替代的。

● 要求较高的卫生环境。操作者需要掌握一系列的调配奶液、消毒等技术，没有母乳喂养那么便利，而且消毒不到位的话容易引起婴儿腹泻。

- 成本高。好的奶粉多为进口，价格昂贵，一般家庭难于长期承受。

- 准备时间长。给孩子准备奶粉，用开水冲泡，再晾到适当的温度，需要较长的准备时间，而在孩子突然需要哺喂时，往往不是太热就是太凉。

- 与母乳喂养相比，亲子感情的建立较为缓慢。妈妈的形体恢复缓慢，内分泌功能调节容易出现问题。

牛奶与人乳成分的比较

目前世界各国用于人工喂养的食物主要是牛乳及其制品，我国市售牛乳为荷兰品种的专用乳牛所泌乳汁，统称牛奶，为便于应用，有鲜牛奶及纯牛奶之分。

鲜牛奶：指以生鲜牛奶为原料，经巴氏杀菌处理的巴氏杀菌奶。具有新鲜、经济及营养成分损失较少的优点。常温下可保存1～2日，2～10℃可保存2～7日，冷冻保存2～3个月。

纯牛奶：以生鲜牛奶为原料，不添加辅料，经瞬时高温灭菌（135摄氏度、不少于1秒）处理的超高温灭菌奶，或称常温奶。在杀菌的同时奶中营养成分相对损失较多，优点为方便、适宜于携带外出或在缺少冰箱冷藏条件的场合。常温下可保存45日，2～10摄氏度可保存6个月，或参见厂家说明。

牛奶与人乳的主要差别如下。

① 蛋白质。母乳中含有最佳比例和含量的蛋白质，即71%的优质乳清蛋白和29%的酪蛋白，而牛奶中的乳清蛋白含量仅约20%。

牛乳中总蛋白质含量约为人乳总蛋白质含量的2.31倍，必需氨基酸总量约为人乳的2.54倍。这样看来似乎牛乳的营养会更优于人乳，但事实上因牛乳中蛋白质含量过高，不仅其中的酪蛋白不易被消化吸收，易引起婴儿消化不良。而且使婴儿功能尚不成熟的肾脏承受超量的溶质负荷，容易招致婴儿本已脆弱的水和电解质的平衡发生紊乱和失衡，这是严重危及健康的病理生理变化。当然，这也是必须对人工喂养婴儿提供充分水分的重要原因。不仅如此，在非母乳喂养情况下，过度喂养所带来的高能量及高蛋白饮食环境迫使新生婴儿改变其胎儿期代谢模式，而新形成的高能量及高蛋白代谢模式对儿童成长及成人后健康存在诸多隐患。人乳与牛乳成分的差别参见表2-3。

表2-3　人乳与牛乳的成分比较（以每100毫升计）

成分	人乳	牛乳	成分	人乳	牛乳
能量/千卡	65	67	β-胡萝卜素/微克	0	19.0
蛋白质/克	1.3	3.0	维生素D/微克　脂溶性	0.01	0.03
酪蛋白/%	29	80	水溶性	0.80	0.15
乳清蛋白/%	71	20	维生素C/毫克	5.0	1.0
脂肪/克	3.4	3.2	维生素B_1/毫克	0.01	0.03
乳糖/克	7.4	3.4	维生素B_2/毫克	0.05	0.14
钙/毫克	30	104	维生素B_{12}/微克	0.01	0.31
铁/毫克	0.1	0.3	烟酸/毫克	0.20	0.10
锌/毫克	0.28	0.42	肾溶质负荷/mOsm/100千卡	12	40~50
维生素A/微克	11.0	24.0			

② 脂肪。母乳中脂肪酸比例适宜，脂肪含量略高于牛乳。牛乳中脂肪球大，尤其对体弱儿、低出生体重儿和早产儿不适宜，有时还会引起脂肪性消化不良。母乳中脂质特别是不饱和脂肪酸含量较牛乳高，有重要生理功能，并与人体代谢关系密切，缺乏时易出现湿疹、虚胖。

在乳脂组成方面，牛乳中饱和脂肪酸含量约高出人乳27.5％，牛乳所含多不饱和脂肪酸仅为人乳的28.6％，而婴儿所需的重要的必需脂肪酸，如花生四烯酸（廿碳四烯酸、ARA）、廿二碳五烯酸（EPA）及廿二碳六烯酸（DHA）等均为多不饱和脂肪酸，与婴幼儿神经系统发育、视力发育及智能发展等关系密切，并具有重要的生理功能意义。这也是当前配方奶粉厂商所极力追求并广为宣传的添加营养素成分。即使这样，配方奶粉在生理功能方面永远也不可能取代母乳。而羊乳的饱和脂肪酸含量更高于人乳，单、多不饱和脂肪酸更低于人乳，因而就脂质成分比较来看，用羊乳完全代替母乳也是不可取的。母乳与牛乳、羊乳脂质成分的差别见表2-4。

③ 乳糖。母乳中天然乳糖含量丰富，达7.4％，能促进肠道内益生菌如双歧杆菌、乳酸杆菌等的增殖，进而增强免疫功能，屏蔽有害菌、病原菌对肠道黏膜面的侵袭，抑制各种感染菌的繁殖；并可抑制大肠对有害物质的吸收；还可促进肠蠕动，改善肠功能，防止便秘。而牛奶乳糖含量低，仅约为3.4%。

④ 维生素。母乳中维生素C、水溶性维生素D等含量均高于牛奶。

表2-4　人乳与牛羊乳中脂肪酸含量的比较（单位：克/100克）

	脂肪	总脂肪酸（T）	饱和脂肪酸(S)	S/T	单不饱和脂肪酸(M)	M/T	多不饱和脂肪酸（P）	P/T	未知脂肪酸
人乳	3.4	3.2	1.4	0.44	1.2	0.38	0.7	0.21	0
牛乳	3.2	3.0	1.6	0.53	1.1	0.37	0.2	0.07	0.1
羊乳	3.5	3.3	2.2	0.67	0.8	0.24	0.1	0.03	0.2

注：S—饱和脂肪酸，M—单不饱和脂肪酸，P—多不饱和脂肪酸，T—总脂肪酸。

维生素C虽在牛奶中有一定含量，但在煮沸消毒过程中被破坏。因此牛奶喂养易发生维生素C缺乏症。

⑤ 矿物质。母乳中矿物质比例适宜，钙、磷比例调节在正常状态，易消化吸收。虽然牛奶中钙磷的含量较高，但由于牛奶中磷含量过高，钙、磷比例不适合人类代谢需要。母乳中含锌量适合婴儿生长发育的需要。婴儿缺锌可致厌食，甚至影响生长发育，严重者会患矮小症等。尽管牛奶中含锌量略高于人乳，但牛奶中的锌进入人体后因与大分子蛋白质结合而不易吸收。

人工喂养的要点

(1) 如何调配鲜牛乳

用鲜牛乳为婴儿配制乳液时，一般按每日每千克体重100 ～ 120

毫升牛乳计算。初生儿则从100毫升开始，另加水每日每千克体重50毫升。即将50毫升水加入100毫升牛乳中即成为2份牛乳：1份水，称为2：1奶；配好奶后，可按总量加5％蔗糖，一般不超过8％（即每百毫升配乳中加蔗糖5克，不超过8克）。煮沸后将总配奶量均分为7次，将每次奶量装入预先消毒的奶瓶中每3～3.5小时喂一次，后半夜停喂一次，以便母亲休息和养成婴儿在夜间连续睡眠的习惯。

随着新生儿逐渐长大，需奶量增加，以后逐渐增加牛乳量到3份或4份加水1份，即3：1奶或4：1奶；至生后4～6周时牛乳中不再加水，而所需的水分可在两次喂奶之间另外喂食。

每个婴儿所需奶量差别较大，3月龄婴儿每日约需牛乳500毫升左右，半岁约750毫升，半岁至1岁以不超过1000毫升为宜。以上配乳在婴儿每日约可提供每千克体重460.2千焦（110千卡）热能，其热能分配按蛋白质、脂肪和碳水化合物三者之比为1.5：3.0：5.5。而人乳中这三者之比则为0.8：5.0：4.2。这种差别是由于牛乳蛋白质的生物利用度较人乳低的缘故，因而只有提高牛乳蛋白质比例才能满足婴儿生长的需要。

（2）奶间喂水

水是很重要的营养素，它与婴儿饮食的质和量密切相关。牛乳中蛋白质及矿物盐约分别为人乳的3倍和近4倍，多余的部分主要经肾脏排出体外，因而肾脏的溶质负荷就比母乳喂养婴儿约大2倍多。因此，若不另外补充水分（水加入奶中或在两次喂奶间喂水），多余的溶质排不出去，将引起婴儿体液的失衡及肾功能障碍。而母乳喂养儿因肾脏溶质负荷低，可不另外喂水。

（3）配方牛乳奶粉及其调配

目前市场上以牛乳配方奶粉为主，在牛乳中增加乳清蛋白的比例，并适量加入铁、锌、乳糖、维生素A、维生素D等成分，同时增加了不饱和脂肪酸（DHA、ARA等），其成分与母乳非常接近。针对不同年龄、不同体质的宝宝，各类型的配方奶粉有所不同，市场有不同年龄段的配方乳品出售，选用某种奶粉后可参照其说明书进行调配、喂养。

（4）如何给宝宝选用奶粉

• 一看　看奶粉包装上的商标、生产厂名、批号等。看印刷的图案、文字是否清晰，文字说明中有关产品和生产企业的信息标注是否齐全；看产品说明上的配方成分、执行标准、适用对象、食用方法等是否规范。

• 二查　查奶粉的制造日期和保质期限。一般罐装奶粉的制造日期和保质期限分别标示在罐体或罐底上；袋装奶粉则分别标示在袋的侧面或封口处，据此可以判断该产品是否在安全食用期内。

• 三压　挤压一下奶粉的包装，看是否漏气。由于包装材料的差别，罐装奶粉密封性能较好，能有效遏制各种细菌进入。而袋装奶粉由于阻气性能较差，选购时，须双手挤压一下，如果漏气、漏粉或袋内根本没气，说明该袋奶粉已潜伏质量隐患。塑料袋装用手捏，应感觉柔软松散，有轻微沙沙声；玻璃罐装奶粉，将罐轻轻倒置，观察罐底有无黏着的奶粉。

• 四捏　通过捏触，检查奶粉中是否有块状物。一般可通过罐装奶粉上盖的透明胶片观察内部的奶粉情况，摇动时若有结块，则用触捏的鉴别方法，如手感松软平滑且有流动感，则为合格产品，否则就有变质的可能。

● 五颜色　如能直接看到颜色，以乳白色或乳黄色、色泽均匀、有光泽为佳。

● 六样品冲调　取一勺奶粉放入玻璃杯，用开水充分调和后，静置5分钟，水和奶粉应该溶解在一起，没有沉淀。

（5）如何给宝宝冲调配方奶粉

● 清洁奶瓶奶嘴。用干净的消毒锅加8分满的水，放入奶瓶煮沸消毒。可以将不耐热的奶嘴、奶圈用纱布包着一起放入煮沸5分钟左右。

● 用温开水倒入奶瓶内清除瓶壁上的水碱后，在奶瓶里倒入需要量的温开水，水温40℃左右。千万不可用烫开水冲泡奶粉，以免奶粉凝团不易冲散。

● 在量取奶粉时要使用奶粉包装袋里原装量勺，不同品牌的奶粉，量勺容量并不相同，所以不要混用。要按说明书量取奶粉。

● 摇匀奶粉。等奶粉慢慢溶于温水后，把奶嘴拧紧，盖上瓶盖，然后左右轻轻摇晃。

● 检查温度及流速。妈妈将奶瓶倒置，刚开始1～2秒，奶水是细细的直线流下，尔后一滴接一滴流下就可以。在手内侧滴一滴，确定适当温度后就可以开始喂奶。

温馨提示：冲调好的奶粉液汁不宜长时间储存，因为奶粉本身不是无菌的，冲调后的配方奶有被细菌污染的可能性。妈妈不要将配方奶一直保温，这样会使细菌滋生得更快。如果喂奶后奶瓶里还残留有剩余的奶，就不要留待下次喂养，一定要清除掉。

（6）人工喂奶的温度如何掌控

奶的温度适宜婴儿才会吃着舒服，太热太冷都会对婴儿产生损害。如何才知道什么样的温度是适合宝宝吃的呢？

经验发现，一般奶粉调配最好的温度是60摄氏度。调配时要遵从以下原则。

● 偏凉不要偏烫。如果掌握不好60摄氏度这个温度，宁可调得温度低于60摄氏度，也不要高于60摄氏度。

● 遵从说明要求。如果奶粉包装上有特殊的冲泡温度建议，低于60摄氏度，就按照说明冲泡。

● 比体温稍高。妈妈们配完奶后，可把奶滴在手背、手腕上试一下温度，感觉奶温不烫或比体温稍高一点均可。因为，用奶嘴滴奶的办法在气温低的时候会有些误差，如果温度较低，奶从奶嘴滴到手背/手腕的过程中就凉了。其实有可能这时奶瓶里奶的温度正好。

● 玻璃奶瓶比较敏感。如果使用的是玻璃奶瓶，可以上下摇动奶瓶，然后用手试奶瓶上部没有奶的部分的温度，温度感觉比体温稍高，就可以喂婴儿了。

● 不要用嘴去含奶头。那会把很多细菌传染给婴儿，有些细菌对大人来讲是没有伤害的，但对小婴儿来说可能就是致命的。所以，妈妈们切记无论何时也不要用嘴去含奶头。

人工喂养的技巧

● 用奶粉配制的乳汁不应过浓或过稀。配制奶粉前，要严格按照注明的比例进行冲调。奶粉过浓会加重宝宝肾脏的负担，并可能引起宝宝便秘、小儿消化不良、高渗性脱水等；过稀则会导致宝宝营养不足，影响宝宝的体格发育。

● 注意避免奶温过冷过烫。过热会破坏奶粉的营养成分，过冷又会使新生儿的肠胃不适应，所以一般以低于40摄氏度为宜。妈妈可将调好的奶液滴几滴在自己手腕内侧或手背，以不烫手为合适。

● 注意检查奶瓶出奶速度。如果需要几秒钟的时间才能形成一滴，说明孔过小；如果牛奶呈线状流出不止，说明孔过大，一般以每秒1滴为宜。有时瓶盖拧得太紧也会影响奶的流速，此时可将奶瓶的盖子略微松开，让空气能够进入瓶内，以补充吸出奶后的空间。

● 注意不要过久保存温牛奶。这样会导致奶瓶里面细菌的快速生长。如果想把2小时内的剩余牛奶快速加热，可以用热水冲热奶瓶，或者把奶瓶放在热水中，几分钟后就可食用。

● 对过敏体质的宝宝，经向保健部门咨询后，如果换用预防过敏的奶粉，可试用特殊的配方奶粉喂养，如水解蛋白婴儿奶粉、豆奶婴儿奶粉、基本氨基酸衍生的婴儿奶粉等低致敏性配方奶粉，并继续观察有关情况。

为人工喂养儿添加营养素

母乳喂养的宝宝在4个月以内除鱼肝油外用不着添加其他食物，但人工喂养的宝宝，从满月起，除了奶类食品以外、要添加一些其他营养素。

和母乳喂养的宝宝一样，人工喂养的正常足月产宝宝，满月后要喂鱼肝油以补充维生素A、维生素D。人工喂养宝宝满月后可以适当喂一些菜水、果汁，以补充维生素C。菜水和果汁还可以软化大便，使大便易于排出。到了4个月，可以添加一些淀粉食品（米糊），以增加能量、矿物质等。

（7）如何知道人工喂养宝宝吃饱了？

婴儿吃饱了吗？这个问题是每个新妈妈都感到困惑的。母乳喂养的妈妈了解了按需哺乳的原则后，可以从容对待这一点。但是，人工喂养的妈妈们却更是焦虑，因为她们已经觉得无法母乳喂养亏欠了宝宝营养，要是喂奶粉还吃不饱的话就更对不起宝宝了。

现在，人工喂养的宝宝往往不是被饿着，而是太多都被喂成小胖墩了，对成长发育会造成不好的影响。如何知道人工喂养的宝宝吃的刚刚好呢？婴儿不能和妈妈对话，只能用哭声表达他们的想法。当宝宝哭时，妈妈往往会认为婴儿没有吃饱，尤其是人工喂养的妈妈们更是如此。

其实，我们不能从单纯的哭上来判定婴儿就是饥饿，引起婴儿啼哭的原因是多方面的。尤其是新生儿，尿湿了、肚子痛、发热等都能引起啼哭。虽然饥饿也是用哭来表示，但哭声是不一样的，这要靠细心的妈妈去观察、了解自己的宝宝。因为每个宝宝都是独特的个体，表达方式都会有所不同。一般情况下，可以参考下面几个方面的指标帮助判断。

• 观察婴儿的体重是否有规律地增加。婴儿的体重在出生后应该有规律地增加。在出生后的10天内，正常吃奶的婴儿体重少量下降是正常的，这是因为胎粪的排出、全身水分的减少等原因带走了一部分重量，但下降的分量应该小于出生体重的9%。10天之后体重开始上升，满月时婴儿增加500～800克就可以了，但有的婴儿往往超过了这个数。体重的增长是衡量婴儿进食量是否合理的标志之一。如果体重增长过快或过慢，都需要格外注意喂养的问题。

• 观察婴儿的大便是否正常。喂养不当，喂的次数过多、间隔太近，婴儿就会消化不良，大便次数增多。由于婴儿每次都没有吃饱，所以常处于饥饿状态，经常啼哭，影响了正常的睡眠。这对妈妈和宝宝来说都是非常有害的，所以我们必须从新生儿期开始，根据婴儿消化道的特点，帮助他们建立生活秩序，这是很重要的。坚持按时喂奶，婴儿吃饱后就会安静入睡，大便良好，体重也会正常增长。

● 婴儿的脸色和精神状态是否正常。婴儿的精神、情绪都很好，很少哭闹，睡得也不错，并且睡醒后精神愉快，体重也正常增长，这样就可以认为婴儿喂养得较好。有的时候婴儿精神状态差，爱哭闹，脸色和气色也不好，这就要考虑是否有其他问题了。婴儿的脸色过于苍白，气色和精神不好，妈妈们要考虑婴儿是否生病，比如有消化不良、腹泻等情况，应尽早到医院检查。如果婴儿精神愉快，睡眠好，体重增加合适，就说明喂养得比较好，妈妈们就不用常常担心。

小贴士

给宝宝选奶瓶的诀窍（表2-5）

表2-5　奶瓶性能比较

特点 / 材质	具体	耐热度	刻度耐磨损程度	易洗度	韧性	重量	透明度	使用期限
玻璃奶瓶	适合在大人辅助情况下使用。容易摔破、奶瓶较重	好	好	很好	一般	重	很好	约1年
塑料PP	有化学稳定性高、卫生性能好、耐热性高等优点	好	较好	好	好	较轻	好	约6～8个月

特点 材质	具体	耐热度	刻度耐磨损程度	易洗度	韧性	重量	透明度	使用期限
塑料PES（聚醚砜树脂）	兼具玻璃奶瓶的无毒、塑胶PC奶瓶的轻盈、摔不破的三大优越特性。耐热性极佳的材质，可反复高温煮沸	好	好	很好	好	较轻	较好	约6～8个月
塑料PPSU（聚苯砜）	是高端的一种奶瓶材质，部分PPSU奶瓶颜色偏深，质地略软。不论从耐热温度、奶瓶易损及抗菌度来说，都是很好的	好	好	很好	好	较轻	一般	约6～8个月

小贴士

给宝宝选奶嘴的诀窍（表2-6）

目前市场上主要三种材质的奶嘴：

● 橡胶奶嘴，为天然橡胶制造，与妈妈的乳头相似度更高，容易受宝宝的喜欢。但是带有少许异味、易老化、抗热性差、抗腐蚀性差，通常使用3～4周就要更换。

● 乳胶奶嘴，富有弹性，非常接近母亲乳头，使宝宝有吸母乳时的相同触感。但是有乳胶的气味。

● 硅胶奶嘴，是目前市面上最常见也最受欢迎的奶嘴，无毒无味，通过吮吸可以促进宝宝唾液的分泌和下颌运动，帮助宝宝进行早期的颌面部协调反应锻炼。

表2-6　奶嘴型号及适用范围

	适用年龄	特点
圆孔小号	新生儿	奶水能够自动流出，且流量较少
圆孔中号	2～3个月	此奶嘴吸奶和吸妈妈乳房所吸出的奶量及所做的吸吮运动的次数非常接近
圆孔大号	适合于用以上两种奶嘴喂奶时间太长，但量不足、体重轻的宝宝	
Y字型孔	3个月以上	奶流量比较稳定，可以自我控制吸奶量边喝边玩的宝宝使用。不易断裂
十字型孔	3个月以上	能够根据宝宝吸吮力量调节奶量，流量较大适合于吸饮果汁、米粉或其他粗颗粒饮品，也可以用来吃奶

 小贴士

如何清洁宝宝的奶具用品？

喂完奶就应马上将奶瓶及奶嘴清洗干净，因为此时奶垢已经沉积，不易彻底清除。清洗时，可先以热水涮过，冲掉残余油脂，如果要使用洗洁精，须选择由天然植物性成分所制成的。

用大奶瓶刷刷擦时，要洗奶瓶内部，完全洗掉奶垢，并仔细刷洗瓶口螺纹处。奶嘴和奶嘴座须拆开，分别以小奶瓶刷清洗，特别注意奶嘴吸孔处有无奶垢沉积。所有的喂奶用具在使用前都要煮沸消毒，即使是新的也不例外。如果在24小时之内没有使用，就必须重新煮沸消毒。消毒好的用具，应以夹子拿取。

清洗完之后，把奶瓶、奶嘴及奶盖放在水里煮沸消毒，若是塑料奶瓶，要等水沸之后，再与奶嘴、奶盖一起放入消毒，也可选择插电式蒸气锅消毒奶瓶、奶嘴，快速又方便。

（8）人工喂养的宝宝便秘怎么办？

一般来说，细心的父母通过观察宝宝的粪便就能判断出不同的喂养方式：人工喂养的婴儿粪便普遍比较干，颜色淡黄，而且多数是团块或条状的，有时候会杂有奶瓣，气味比起母乳喂养的婴儿来要臭些。母乳喂养的宝宝粪便稀软、金黄色，很少出现便秘情况，每天大便4～5次是非常正常的。

便秘常常发生在人工喂养儿身上。便秘产生时，宝宝不仅仅是几天才排一次粪便，更主要的是大便硬结，排出困难，干硬的大便甚至会擦伤肠黏膜，使粪块外包裹有血丝或黏液；还可能会撑裂肛门造成肛裂、肛门疼痛等。母乳喂养的宝宝可能会出现"攒肚子"的现象，可看出便秘和"攒肚子"是完全不同的。

妈妈们要知道便秘的原因，首先要了解大便是怎么形成的。

食物经胃肠道消化、吸收后总会留有残渣，它们形成粪便，储存在直肠中。当粪便聚积到一定的量后，就会对肠壁形成一定的压力，引起排便反射而排出粪便。如果粪便在直肠内储存时间过长，粪便中的水分被肠道吸收，必然是越来越干硬，时间越长就越不易排出。

具体到0～4个月人工喂养婴儿，便秘的原因如下。

● 目前市面上的配方奶粉，是以牛奶、羊奶为主要原料制作的特殊配方奶。牛奶和羊奶中含酪蛋白较多，婴儿消化吸收不完全，易形成奶瓣；

● 另外，牛奶或羊奶中钙和盐的含量都较母乳高，而且这些物质在胃酸的作用下会结成块而不易消化，再加上喂水少就很容易形成大便硬结和便秘。

预防婴儿便秘的最佳方法是选择纯母乳喂养。但是，对于不得已选择了人工喂养的宝宝，妈妈可以试着在冲调奶粉的时候多加10毫升水，把配方奶浓度调得淡一些。并且记住在两个月的时候就要加适量的菜水、果水，两顿奶之间也要给宝宝喂些白开水或菜汁，最好喂白水，可以有效缓解便秘。这样一方面可以预防便秘，另一方面还可以补充维生素。

如果宝宝便秘比较严重，妈妈就要注意了。由于双歧杆菌有助于防止宝宝便秘，妈妈在购买奶粉时，可以看看奶粉的配方，除了微量元素和其他营养素外，可以选购添加了促进双歧杆菌增殖成分的奶粉试一下，也许就可以解决问题。

妈妈还可以在奶中适当地加点糖以起到软化大便的作用。多给孩子揉揉肚子，多做些运动都是有益的。尽量少用肥皂头、开塞露等机械方法促排便，更不能给宝宝用泻药。泻药引起异常肠蠕动有时会造成肠套叠，这对小婴儿来说是非常危险的。

其他可能导致便秘的原因

- 长期摄入量不足，营养不良，肠蠕动差也会造成排便困难。

- 器质性疾病，如肛裂、先天性巨结肠、肛门狭窄等均会导致便秘。

- 生活无规律宝宝的大便也难以形成规律，这一点多出现在属于难养型的宝宝身上。对这一类型的宝宝，你要格外耐心地照顾他（她）的饮食起居，帮助他（她）建立吃喝拉撒睡的所有生活规律。

- 运动少、腹肌力量差的孩子也容易发生排便困难，所以婴儿抚触、被动操等会收到想象不到的效果。

- 对已添加辅食的半岁后的宝宝来说，食物的成分不适宜也是造成便秘的原因。比如宝宝不爱吃蔬菜，每日食入膳食纤维太少，食入蛋白质类（肉蛋类）食物过多而主食摄入过少等。

混合喂养

当母乳不足或乳母因工作需要不能按时喂奶，而婴儿尚未到添加辅食的相应月龄，此时，在母乳外必须添加牛乳、羊乳或代乳品才能满足婴儿生长发育的需要。这种喂养方式叫混合喂养。为婴儿添加乳类食品的调配方法和容量，可参照上节内容按月龄及生长发育情况使用。常用的混合喂养有如下两种方式。

补授法

即在婴儿充分吸吮母乳后，不足部分用牛乳或其他代乳品补充，以使婴儿获得预期的喂养食物并有饱足感，定期体检其生长发育正常。此法适用于母乳不足的情况，并有利于刺激母乳的分泌。

替代法

由于乳母外出工作，以鲜牛乳或配方奶粉等替代一次或数次母乳。牛乳及配方奶粉配制方法可参考人工喂养相关内容。

无论因为何种原因采用混合喂养，至少应保证婴儿用母乳喂养至母亲产假结束。若经努力仍做不到时，在生后2～4周内，应坚持一昼夜母乳喂养不应少于3次，才能保护婴儿少生病和不得重病，也有利于乳母维持泌乳量并继续授乳。

特殊新生儿喂养

早产儿的喂养

　　胎龄小于37周就出生的新生儿叫做早产儿，也叫做未成熟儿。早产儿由于过早出生，各方面发育还未成熟。出生后要加快生长发育，才能赶得上足月儿，所以早产儿的大脑发育比足月儿的要迅速并且体重增长也更快。足月儿在12个月的时候体重是出生体重的3倍，但早产儿6个月时体重就达到出生体重的3倍了，所以早产儿需要更多的营养才能满足快速生长发育的需要。

　　因此，早产儿首选母乳喂养。

　• 母乳是早产儿最容易消化吸收的食品。母乳中有最符合早产儿需要的营养成分，其中有一种分泌型免疫球蛋白A，它能增强早产儿胃肠道的抵抗力，从而减少疾病的发生。母乳中的蛋白质以乳清蛋白为主，不饱和脂肪酸的含量较高，容易被消化吸收。糖类以乳糖为主、较牛乳高一倍多，有利于钙和镁的吸收。母乳中钙磷的比例也比较适合。如果存在母乳不足状况，可以考虑补充早产儿专用的配方奶粉。

●早产儿的妈妈会本能地分泌特殊的乳汁，来满足过早到来的婴儿的需求。早产儿妈妈乳汁的蛋白质含量要比足月儿妈妈乳汁中的高80%，而且蛋白质为溶解状态的乳清蛋白，还含有帮助消化的蛋白酶。所以早产儿吃妈妈的奶，能最大程度地吸收和利用蛋白质。另外，早产儿妈妈的乳汁中含有很多支持婴儿大脑发育所必需的营养素，如不饱和脂肪酸、牛磺酸、乳糖和各种维生素等，这是专为早产儿大脑发育提供的营养保证。

可见早产儿唯有吃自己母亲的乳汁才能获取生长发育所需全部的、最适宜的营养。这种乳汁优于足月儿母亲的乳汁，更优于牛奶。可惜的是过去人们都不了解母亲对其早产儿的厚爱，常以各种借口不让母亲哺喂自己的早产儿，如早产儿吸吮能力差，体温过低，易患病，需要与母亲分开进行特护等。因此，早产儿往往吃不到母乳。

应千方百计地让早产儿吃上自己母亲的奶。当早产儿不会吸奶时，尽量刺激他的吸吮反射，同时将母亲乳汁挤出来，用滴管或鼻管喂给早产儿吃。一旦有吸吮能力，就尽量让早产儿吸吮母乳，同时再用小杯或勺喂以挤出的母乳，以保证早产儿的需要量。

早产儿如果实在是没有办法用纯母乳喂养，退一步的选择就是母乳和早产儿专用奶粉混合喂养，但母乳喂养的量不应少于总量的1/3，或每日喂哺不少于3次。早产儿专用奶粉是专门针对这类婴儿的特制奶粉，能补充早产儿的营养需求。早产儿的消化道黏膜尚未发育成熟，很容易发生对牛奶过敏的现象，母乳则无此弊端。

配方奶喂养的早产儿，如果出院时体重已到2.5千克，则每日喂奶量达到350 ~ 450毫升即可，可以分8 ~ 9次喂哺，每次喂40毫升左右，不要一次喂哺过多，那样会加重胃肠道的负担。待婴儿体重达到3千克后，就可以和正常新生儿一样喂养了。

早产儿需补充铁吗?

铁是制造红细胞不可缺少的成分。人体缺乏铁元素就会患缺铁性贫血。根据以往的经验，婴幼儿贫血90％以上都是缺铁性贫血。因此，早产儿、未成熟儿的妈妈们要注意了，提早补充铁剂是一件很重要的事。未成熟儿因为在妈妈体内时间较成熟儿短，体内储蓄的铁量更少，一般只够两个月使用，所以未成熟儿应该从出生后6周开始补充铁剂。

补充铁剂最好的办法是给未成熟儿喂母乳。母乳里的铁最容易吸收，吸收率达70%或以上。如果妈妈无法哺乳，那就选用为未成熟儿特制的奶粉，里面会有添加的微量元素。如果贫血较重，可以加些药物来补充，但这需要在医生指导下才能进行。妈妈们切记不能自己随便给婴儿吃药和任何补品。

双胎儿的喂养

双胞胎新生儿绝大多数不是足月分娩的，往往存在先天不足的状况。他们中的大部分体重较轻，有50％左右在2500克以下，身体的各个脏器发育也不成熟，胃的容量较小，消化能力、免疫功能及生活能力均比正常的单胎儿差，所以双胞胎的妈妈们一定要注意喂养，一般是采用少量多餐的喂养方法，使宝宝们能及时得到充足的营养。

母乳也是双胞胎儿最好的食物，双胞胎儿出生后应该尽早开始喂奶，以弥补他们体内储存的糖量不足的情况，一般来讲双胞胎出生后2小时内，医院都会喂给50％的糖水20～50克，这是防止双胞胎儿出现低血糖现象。低血糖对小儿大脑的发育有很大影响，还会引起抽搐，严重的还可能造成智力低下甚至危及生命。

由于双胞胎的妈妈在孕期要给2个胎儿供给营养，营养素摄入不足的情况常有发生，因而大多数双胞胎儿体内的各种营养素贮备也较少。一般来讲，双胞胎儿体内的钙、磷及维生素D的储存较少，而且吸收脂肪及脂溶性维生素的功能也较差。所以一般从出生后第2周起，开始补充维生素D，出生后一个月可让双胞胎儿适当多晒太阳，以增加其自身维生素D的合成。

双胎儿的夜间哺喂技巧

一位双胞胎妈妈推荐了这样一个办法，双胞胎妈妈们可以参考。为了避免夜里不停地起来喂奶，可以找一张大大的、可以容纳妈妈以及两个宝宝的床垫，妈妈和宝宝们直接睡上面，妈妈睡中间、宝宝们睡两边，这样无论哪一个要吃奶，妈妈只要转身就能供应。当然了，有的妈妈说，宝宝爸爸也要睡在一边，方便晚上听候召唤。但千万要注意，夜间熟睡时不要压迫宝宝，以免引起窒息。

唇腭裂儿的喂养

由于唇腭裂儿是用口来呼吸的，空气没有经过鼻腔的清洁和加温加湿，直接进入气管和肺，因此极容易发生呼吸道感染。母乳中含有多种免疫物质如溶菌酶等，可以增加新生儿的抗病能力。所以，无论如何都应该坚持母乳喂养，这是让唇腭裂婴儿健康成长的基本保证。

婴儿在吃奶时，通过吸吮刺激妈妈乳房的喷乳反射才能让乳汁喷到婴儿的嘴里。但唇腭裂婴儿的吸吮能力非常差，有的根本不能吸吮。所以他们可能吸不到乳汁或者因为吞咽功能不完善让乳汁误入气管或鼻腔，严重的有可能发生窒息。

妈妈们在喂养的时候应该让唇腭裂婴儿保持上身垂直的姿势，用手挤压乳房以促进喷乳反射让乳汁喷出。如果婴儿只是唇裂，妈妈可以用手指压住唇裂的地方，帮助增加新生儿的吸吮力。由于唇裂、腭裂儿吸吮力的低下，导致每次吃进的乳汁相对较少，妈妈们应该在每次哺乳后将乳房中的乳汁挤出，用滴管或小勺再喂一些给宝宝，让他们获得足够的营养，健康地成长。喂的时候不要过快、过多，在宝宝清醒的时候喂给，以免奶汁进入鼻腔或气管内而引起鼻炎、咽炎和中耳炎。

第三章

护理宝宝要领

新生儿的生活规律

　　新生儿1昼夜睡眠18个小时左右。新生儿呼吸快，有时节律不规则，正常新生儿安静状态下每分钟呼吸40次左右。胎粪为黑绿色，出生后2天内排净。母乳喂养儿每日排便3～7次，为黄色糊状便；人工喂养儿粪便为淡黄色或灰色便，便中可有奶瓣，每日1～2次。小便微黄，不染尿布，每日6次以上。

　　新生儿期的特殊生理现象如下。

　　① 生理性黄疸：生后2～3天开始皮肤发黄，10天左右消退。

　　② 生理性体重下降：生后2～3天开始体重下降，7～10天恢复。

新生儿居室基本要求

新生儿的房间温度和湿度要相对稳定，室温以20～24℃，湿度以50%～60%为宜。任何季节每天都要定时开窗通风换气。房间温度过低时可用电暖气，但要注意保持一定的湿度。夏天温度较高时，可用空调降温，注意空调不要直吹宝宝，并根据室内温度给宝宝盖被以防着凉。

舒适衣着

- 新生儿的衣物宜浅色，质地以纯棉为好。开襟，开裆便于穿戴，且宽松，舒适。不用扣子或拉链以防弄伤皮肤。

- 和尚服式的上衣利于颈部散热及系围嘴儿，前襟略长的上衣能盖住肚脐。

- 连脚裤要宽松足够让宝宝伸直腿。

- 不要用过紧的松紧带束系，以防影响胸廓发育。

- 新生儿头部易出汗，应戴吸汗的纯棉帽。袜子松软舒适，帮口处松软合适，袜子反面无线头，否则也会弄伤宝宝脚趾头。不要戴手套，或把小手藏在袖子里。

　　总之要保证宝宝舒适且四肢活动自如。

怎样知道新生儿是冷还是热？

● 环境温度过高或衣物过多时，宝宝体温高、面红、出汗多，烦躁并容易哭闹，同时宝宝容易出现口唇发干、精神欠佳、尿少等；

● 相反，环境温度过低时，宝宝体温偏低，手脚冰冷，严重时发生硬肿；

● 新生儿一般都会起湿疹。如果穿衣服过多，容易使湿疹加重。出现这些症状要考虑衣服是否穿多了，要根据环境温度及宝宝状况及时调整衣服。

婴儿哭闹或活动时容易出汗，可比成人少穿一件衣服；当婴儿肩、背部湿润时说明衣服穿的过多，可适当脱去一件罩衣；当婴儿皮肤发花、手脚冰冷时提示衣服过薄，应及时添加衣服。衣裤过紧，过厚会限制婴儿运动和发育，并不利于排汗、透气，遇到凉风或冷空气容易引起伤风感冒。

怎样给新生儿剪指甲？

新生儿指甲长得很快，在最初几周应该每周修剪2次。修剪指甲的最好时机是在小儿洗完澡后安静地躺在床上或小儿熟睡的时候。可使用婴儿专用指甲剪或钝鼻指甲剪，要把指甲修剪的短而光滑，以免宝宝自我抓伤。相比之下，婴儿的趾甲柔软而光滑，不需要修剪得像手指甲一样短。趾甲1个月只需要修理1～2次。如果甲沟处的皮肤发红，就应该警惕是否发生甲沟炎。

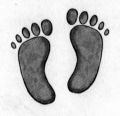

头皮上的乳痂怎样去掉？

新生儿头皮、眉间皮肤总是有油腻分泌物，我们称之为乳痂，术语称之为脂溢性皮炎。脂溢性皮炎是一种非感染性皮肤病，是湿疹的一种类型。新生儿和小婴儿常见。通常在出生后几周发病，经过数周或数月后缓慢消失。脂溢性皮炎一般不会影响孩子的睡眠及饮食，只有轻微痒感，但头皮上的层层乳痂会因患儿的挠抓而容易继发感染，所以应及时清洗乳痂。使用婴儿洗发液，再加上轻轻梳理，就可以去除乳痂。也可以在洗头前用不含香水的婴儿油或清亮的色拉油擦在乳痂部位，湿润半小时左右，再用婴儿洗发液清洗并梳理。如果应用以上方法还不能使乳痂有所改善，或者皮疹向小儿的面部、颈部皮肤扩散，就应该在皮肤科医师的指导下使用含有可的松的软膏。

怎样包裹宝宝？

　　我国民间有一个传统习惯，在孩子睡觉时，用布把孩子的两条腿拉直捆好，认为这样可以避免以后长成O型腿（罗圈腿）。其实这种做法限制了孩子在睡眠时的自如动作，固定的姿势使小儿的肌肉处于紧张状态，孩子得不到很好的休息。实际上O型腿是小儿"缺钙"导致骨骼软化造成的，是佝偻病的一种表现，不是捆绑可以预防的。其实1岁以内的小儿两条腿都不太直，这是正常生理现象。一般要等小儿会走以后，才会逐渐变直。

如何给宝宝洗澡，应注意什么？

给宝宝洗澡要先洗头部。洗头时先将婴儿全身用毛巾包起来，以防受凉。用一只手的拇指和中指或无名指从耳后向前压住两侧耳廓以盖住耳孔，防止洗澡水流入耳内，手掌和前臂托着婴儿的脖子、头及后背。从婴儿的脸部开始清洗，洗头时头向后仰，将头发湿润，加少量洗发液轻轻揉洗，用清水冲洗干净，马上用干毛巾擦干。

脐带残端未脱落前最好分别清洗上下身，以防弄脏脐部。先洗颈部、上肢，再洗前胸、腹部、背部及下肢，最后清洗婴儿的外阴和臀部。颈前、腋下、腹股沟、手指和脚趾间应着重清洗。洗毕用浴巾迅速裹住婴儿，皱褶处仔细擦干，涂以润肤乳，臀部可涂护臀霜或鞣酸软膏，以防皱褶处皮肤糜烂和发生尿布疹。

脐带未脱的宝宝洗澡时别弄湿脐带，洗完澡用棉签将脐部沾干，并可用75%酒精轻擦一下脐带周围。

脐带的护理

脐带未脱落前，要保证脐带及根部干燥，出院后不要用纱布或其他东西覆盖脐带，这样可促进脐带更快地干燥脱落。当然还要保证新生儿穿的衣服柔软、纯棉、透气，肚脐处不要有硬物。洗澡后用洁净的柔软纯棉毛巾轻轻将脐带周围皮肤沾干，然后用75%酒精给脐带及根部皮肤消毒。若护理得当脐带无异常，每天用1～2次乙醇即可，不要过多使用。

脐带脱落后，脐窝处可留一层痂皮，日后会自然脱落。正常情况下脐窝处是干燥的，不必再做任何处理。若脐窝部潮湿或有少许渗出，可用消毒棉签蘸75%酒精轻轻擦净，再用75%酒精涂在脐根部和周围皮肤上。有时发现脐部有白色肉芽长出，甚至有脓性分泌物而且周围的皮肤红肿等现象，不要随意用甲紫（龙胆紫）、碘酊等，以防掩盖病情，应该找儿科医师处理。脐带残端脱落的时间一般是7～14天，但也可早到3～4天。如果超过半个月仍不脱落，建议到医院儿科检查处理。

巧除鼻痂

　　小儿有鼻痂常会影响小儿的呼吸，尤其在吃奶的时候明显。这时可以给小儿鼻腔中滴几滴母乳或者生理盐水，使鼻痂湿润，当小儿打喷嚏时就可以将湿润的鼻痂带出。还可以用柔软的面巾纸卷成2厘米长的细卷，轻轻将纸卷伸进鼻腔转动几下再取出，也可将鼻痂带出。另外，冬季室内常常干燥，可以使用空气加湿器，保持室内空气湿润，也可以减少鼻痂的形成。

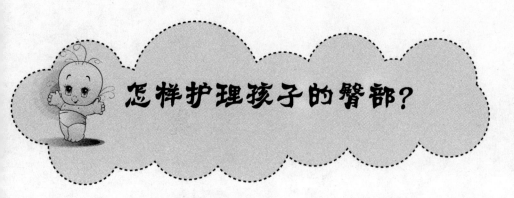

怎样护理孩子的臀部？

婴儿的臀部非常娇嫩，易受到尿渍、粪渍的侵害。每次便后要及时更换尿片，并立即用温度适中的清水清洁臀部残留的尿渍、粪渍，然后涂上婴儿护臀霜。夜间或外出不便于用水清洗时，可选用刺激性小的湿纸巾。

肛门周围、腹股沟，阴茎与阴囊相邻处及阴囊与会阴相邻处皮肤易藏污纳垢，如不及时清洁和保持干燥，常出现糜烂，应作为重点清洁部位。男婴在新生儿期大多数为包茎，清洗时可将包皮向上轻推；女婴尿道较短，易被肛门周围的细菌感染，导致外阴炎、阴道炎，甚至尿路感染。当女婴的会阴粘有粪便时，应按照从会阴到肛门的顺序及时用温水将粪渍冲掉，以防来自肛门的细菌污染阴道和尿道。不要用毛巾擦洗阴唇黏膜，以免造成黏膜损伤，引起感染。有时女婴外阴部会有白色物体，一般是脱落上皮或尿碱形成，如果不是太多，周围皮肤黏膜没有红肿不要过度清洁。不要使用碱性肥皂或者其他含有酒精以及香精的清洁用品清洗婴儿臀部，以免刺激外阴黏膜和皮肤。涂抹护臀霜时不要将其沾染到女婴的外阴黏膜及男婴的龟头。

第四章

智能体能发展

新生儿期早期教育

新生儿期间最重要的是及时满足宝宝的各种生理需求，可认为他（她）的要求都是合理的。这时宝宝最需要建立安全感。需求得到及时满足的宝宝，会对家长和这个世界产生信赖和认同。

第一阶段主要的游戏是在宝宝清醒的时候跟他（她）进行目光交流，温柔地抚触宝宝的全身并跟他（她）轻声说话，活动活动宝宝的肢体和关节，给宝宝看鲜艳的玩具和画片，给他（她）听悦耳的铃声和轻柔的音乐，帮助宝宝发展最初的视听能力、抬头能力、简单的视觉捕捉和追踪能力，以及和妈妈对视交流的能力。

智能及体能发育

新生儿智能及体能发育状况参见表4-1。

表4-1　新生儿智能及体能发育

项　目	发　育　状　况
大动作能力	全身动作无规律，有完整的无条件反射，趴在床上，双肩摆开，前面摇铃逗引时可自行抬头1～2秒，满月后俯卧抬头离床可达3厘米
精细动作能力	手握拳，当大人用手指触摸手心时，宝宝会紧握——握持反射，此时甚至可将小儿提起
认知能力	最佳视距为20厘米左右；偏爱红色、运动的物体以及人脸；具有初步的听觉定位能力，但不准确；能够进行视觉追踪，但不连续
语言能力	会发an、e、a等音
情感与社交能力	弥散性激动，分愉快不愉快两个方向；产生兴趣、痛苦、厌恶；出现诱发性微笑；有先天的情绪感染能力

语言发展

新生儿语言发展的特点

（1）说话的准备

①气息

当宝宝呱呱落地的一瞬间，他（她）所面临的第一个考验就是呼吸方式的改变。因为母体外与母体内生活是完全不同的。这种呼吸调节的具体表现就是初期的哭声和发声。

如果宝宝们能及早掌握这一呼吸法，那么也就意味着他（她）们日后说话时气息会更圆滑、流畅。

仔细观察一下，妈妈也许就会发现，宝宝的哭法基本是一连串激烈的呼气。听上去多少有些像是——"呼叫"、"呻吟"、"哼哼"等声音。这是因为，在初期，宝宝对吸入空气还是有困难的，所以，呼（吐）气就变成了声音而发了出来。

但是，遗憾的是父母无法具体教导宝宝们如何呼吸。这时，妈妈所能做的只能是多抚摸拍拍宝宝，以协助他（她）们自己去适应新的呼吸方法。

②出现噪音

为了得到足够的氧气，初生的宝宝用足力气呼吸着，于是气流冲向声门、声带和口腔，发出了人生的第一声哭喊。以后，这一类的哭声、叫喊声和在安静状态下发出的噪音，在身体不舒适或舒适时都会出现。这种噪音不是为了适应外界刺激的需要，而是由身体的状态（如饿、渴等）所引起，是一般性发音反射。

③哭

哭是新生宝宝出生后最初的发音。这时的哭叫声还是未分化的。妈妈也许几乎无法分辨出清晰的单音节，不过有一点却是肯定的，即当宝宝感觉饿、痛、冷、热时，都会通过哭叫来表现，而且形式上几乎完全一样。所以这就给新妈妈们带来了不少困难，总是手忙脚乱，不能很快确定宝宝到底想要什么。不过，每个宝宝都有唯一独有的声音特征，因此，即使有一百个孩子在哭，妈妈们大约都能凭着宝宝特有的哭声准确找出自家的宝贝。

④发音

虽然最初时能发出的声音还比较单一，但是到了快满月时，宝宝们就已经能够用不同的哭声来表达他（她）们的不同需要了，这可以说是言语表达的第一步。

⑤模仿

我们都知道，模仿在婴儿学习语言的过程中是多么重要。没有模仿，宝宝的语言学习根本无从谈起。而新生儿的模仿是需要许多感觉支持的（比如听觉、视觉），因此，学会说话并非一个单一器官的行为。现在就来让我们看看在宝宝的语言学习的道路中，听觉与视觉都发挥了哪些作用。

在婴儿刚来到世界这段日子里，他（她）们对环境中的各种声音非常感兴趣。正常的婴儿首先会运用他们具备的听觉器官去捕捉周围的各种信息，并且迅速学会如何捕捉话语声的方法，听觉已经相当敏锐。更重要的是，他（她）们不仅可以识别出说话的声音，而且还能在听到声音的时候停止啼哭。此外，宝宝尤其对高频的声音更为敏感。

也许因为视觉的发育对我们人类来说太过重要，所以它的发育进程与其他感官相比，是极为缓慢的。它不像听觉那样一出生就可以分辨出许多声音。相反，当宝宝刚刚出生时，他（她）们的视力范围只有20厘米远，因此妈妈在和宝宝说话时，注意这个距离度才能让宝宝很好地模仿我们说话时的口形。不过，在这个月里，由于宝宝的视力还有待进一步发展，因此对于真正意义上的看着妈妈的口形"模仿"说话这一能力还得再等一等。

（2）懂话的准备

① 辨别声音

新生儿刚刚出生，就会对听觉刺激作出反应。出生后才几分钟，他们就能辨别声音来自何方。新生儿还能根据声音的频率、强度、持续时间和速度来辨别各种声音之间的差别。而当宝宝出生12天后，他（她）便能对说话声音和敲击物体声音的刺激做出更多的反应。

可别小看这些小小的身体动作，它是宝宝在学会说话之前的另一种与我们交流的形式——肢体语言。凭借这些小动作，我们可以判断宝宝是否听到了我们的说话，并由此和宝宝展开我一句，你一个动作的沟通与交流。

知道这些新本事意味着什么吗？它意味着宝宝不仅对声音有反应，而且还有辨别声音的能力，而这都是语言学习的最基本的前提。

② 促进新生儿语言发展的小游戏

【唱歌】

为宝贝唱些语调柔和的歌曲，比如唱儿歌。

一条腿儿，两条腿儿，

这个兔子真好斗！

先来右边，再来左边，

你说好玩不好玩！

注意：唱什么，唱得怎么样并不重要，但一定要亲自唱而不是放录音，音乐中的自然重音会有助于宝宝区别词语的始终点。

③ 促进新生儿语言发展的小提示

● **新生的宝宝能分辨母亲的声音吗？**

美国心理学家的研究表明，胎儿还在母体内的时候，就已经开始熟悉母亲的声音了，以致刚出生就能分辨母亲与其他妇女的声音。听到这种声音，出生36小时以内的婴儿就可以用控制自己吮吸奶嘴的速度来表示听到了。

● **新生儿最喜欢看什么？**

你知道一个新生宝宝第一次睁开眼睛时，最喜欢看什么吗？"人脸"！是的，这是一个惊人的能力。许多研究都曾表明，这些小宝贝们更愿意看有吸引力的面孔。这也是新生儿开始语言学习的前提。因为，只有多关注人脸，才便于他（她）们模仿口形，进而习得语言。

（3）0～28天语言培养注意点

① 正确翻译宝宝的哭声

哭是新生儿的语言。这时的哭声，不仅是一种发声练习运动，而且是宝宝在表达自己的各种愿望和要求。

● 内在需要　当宝宝饥饿时，要求抚爱时，尿便时都会哭。一般饥渴时哭声响亮，短促有规律，喂奶或水后便可停止；要求抚爱时哭声小且哭哭停停；尿便的哭泣短促有力。

● 外在刺激　宝宝受到强的声光刺激时，会突然剧烈地哭。这时可将宝宝抱在怀里让他（她）听大人的心跳，也可轻轻晃动或听轻柔的音乐。

● 疾病的哭声　宝宝生病时的哭声表现为尖声、嘶哑地哭或低声无力地哭，并有可能表现为脸色苍白、神情惊恐等。宝宝哭的原因有很多，要注意分辨，不要宝宝一哭就抱起，以免养成"抱癖"。

② 对铃声有反应

● 在距离宝宝30～50厘米的地方，摇动铃铛或弄出声音，当宝宝能够注意离他（她）很近的声音后，再逐渐加大发声物体与宝宝之间的距离。

● 起初宝宝听到声音可能只是变得较活泼，但不会朝声源看去，可以帮助他（她）将头转向声音传来的方向。

● 以上活动应使用各种不同的声响，常常更换，使得声音很新奇，吸引宝宝的注意力，如拍手或轻拍一样东西，捏压一个会出声的玩具，吹哨子等。

③讲话和逗乐

父母张大口说话，向宝宝伸舌头，让舌头在口内上下活动，咂舌，使口唇混合发出声音，你会看到宝宝会用口来模仿大人的动作。宝宝出生不久身体各部位的活动还不能自主，唯有口唇最灵敏，除了吸吮之外还有能力回应大人的口唇游戏。父母在照料宝宝时要不停地讲话，如"啊！宝宝饿了，妈妈来喂你。""又尿了！快换干净吧。"等等。当宝宝啼哭时，父母可适时地模仿几声，宝宝会停下来听，然后会用同样的口形再发出声音以识别是自己叫还是别人叫，这样的声音是家长诱导出来的主动发音，它将为以后的发音打下良好基础。

（王书荃　牟　龙）

大动作发展

新生儿大动作的发展规律

① 俯卧　新生儿在俯卧时，屈肌紧张，双手双脚蜷曲在身子下面，头部的位置偏向一侧。

② 仰卧　这是自然的睡眠姿势。新生儿仰卧时，屈肌仍旧处于紧张状态，但比俯卧时要松弛。大部分时间是抬着腿，或者膝盖抬在半空中，身体处于不对称状态，可以向两侧转动一点。这种姿势成人是很难模仿的。

③ 站立　新生儿脚掌贴在床上，蹬着腿支撑身体，随着身体的前倾，顺势向前迈出一步，这是一种反射动作，叫做踏步反射。

④ 悬空　将新生儿俯卧水平抱起，背部拱起，垂下头，上肢屈肘，手掌伸开（图4-1）。

促进新生儿大动作发展的游戏

【游戏名称】抬头操

图4-1 悬空姿势

【训练目的】促进颈部、背部肌肉发育，促使宝宝早抬头。

【训练方法】

● 俯卧抬头　宝宝吃奶前，俯卧在床上，两手放在头两侧，扶头至中线，用玩具逗引宝宝抬头片刻，边练习边说"小宝宝抬抬头"，同时用手轻轻抚摸宝宝背部，使宝宝感到舒适愉快，背部肌肉放松。

● 竖直抬头　将宝宝竖抱起来，头部靠在妈妈肩上，轻轻抚摸宝宝颈部及后背，使其肌肉放松，然后不扶头部，让宝宝自然竖直片刻。每天5～6次。

● 抬头操　预备姿势：宝宝俯卧于床上，家长在宝宝身后两手扶宝宝两肘，家长双手移向宝宝肘部并同时向中心稍用力。动作如下：

①"一、二"两手位于胸下。"三、四、五、六"，使宝宝上半身抬起，头也逐渐抬起。

②"七、八"还原。第二个八拍动作同第一个八拍。

 新生儿大动作发展小提示

先天反射动作是胎儿期和新生儿期最主要的运动形式。这些反射能够反映出婴儿的机体是否健全，神经系统功能是否正常。有些早期异常也可以从反射的变化看出来。常见的原始反射包括击剑反射、吸吮反射、抓握反射、拥抱反射、踏步反射、复原反射、降落伞反射等。

（王书荃）

精细动作发展

新生儿精细动作的发展规律

几乎是紧握双拳，手脚不停地摆动，偶尔在哭泣时松开手指。

促进新生儿精细动作发展的游戏

【游戏】

【游戏名称】手指按摩

【训练目的】刺激宝宝的神经末梢，有助于宝宝大脑发育及手指动作灵巧。

【训练方法】

妈妈在给宝宝喂奶时，可以用一只手托住宝宝，用另外一只手轻轻按摩宝宝的手指头。

这种按摩经常刺激宝宝的神经末梢，促进血液循环，发展宝宝的触觉感知，有助于大脑的发育和手指灵活度的发展。

新生儿精细动作小提示

　　仰卧状态利于手动作的发展，新生儿在仰卧时能够以手握拳，当头转动时将拳头放到嘴里。这个动作是手的动作以及视动协调的萌芽，是精细动作的开始。

（王书荃）

认知发展

新生儿的认知发展

① 新生儿的最佳视距为20厘米左右。

② 偏爱运动的物体。

③ 能对逼近物体有某种反应，如眨眼、扭头等。

④ 新生儿能对声音做出一定的反应。

⑤ 新生儿口周、眼、前额、手掌和脚底的触觉感受较为敏感，躯干、大腿等部位的触觉则比较迟钝。

⑥ 新生儿对咸、甜、苦味有反应，常用微笑、皱鼻、伸舌或挣扎表示欢迎、讨厌、拒绝。

促进新生儿认知能力发展的游戏

【游戏】

【游戏名称】寻找奶头

【训练目的】提供触觉刺激

【训练方法】当妈妈要哺乳时，不要立即将乳头放入宝宝口中，而是要让他（她）学习寻找。比如可以用乳头触碰宝宝的面颊，让他（她）自己转过脸来寻找乳头。

（王书荃　牟　龙）

社会性发展

新生儿社会性发展规律

（1）反射

刚出生的宝宝有一些天生的身体技能，这些技能有助于在父母和宝宝间建立充满柔情的互动。比如给宝宝哺乳时，宝宝会自动寻找并发现乳头，会自动含住并轻轻吮吸。当您把手指放在他（她）的掌心时，他（她）会紧紧抓住不放。这些举动极易激起父母的疼爱之情，让父母感到自己被需要，萌生保护宝宝的愿望。同时，这些反射活动对宝宝本身的情绪调控也有裨益，比如不停吮吸能帮助他（她）平复情绪和保持清醒。

（2）情绪

①原始情绪

当宝宝呱呱坠地时，就会表现出皱眉、啼哭、四肢蹬动等，这些都是宝宝原始的情绪表现。新生儿的情绪不像我们成人那么精确，它仅是一种弥散性的激动。这种激动存在微弱的分化，萌芽出愉快的情绪和不愉快的情绪两个方向。随着宝宝经验的积累和神经系统的成熟，他（她）的情绪会渐渐分化得清晰。如愉快的情绪会逐渐分化出是快乐、激动还是喜爱等。

②兴趣

宝宝出生4～7天后，就会产生兴趣。由于对环境有兴趣，宝宝会形成对事物的注意，并引起身体动作去"玩"，这便是宝宝学习的开始。

③痛苦

痛苦是最早发生的负面情绪，出生1～2天即有。痛苦往往因为需要没有满足而引起。痛苦时，宝宝会皱眉、双眼紧闭、五官扭曲、手脚急切地舞动。

④厌恶

厌恶在出生后3～7天也会产生，如宝宝闻到不良气味会皱眉、皱鼻子。

（3）社会性反应

①微笑

新生儿的笑被称为内源性微笑，因为它是自发的，在没有外部刺激的情况下也可以产生，如在睡梦中。3周左右，宝宝出现由外部刺激引发的微笑，即"诱发性微笑"，如被轻轻抚摸、被晃动、听到适宜的声音、看到感兴趣的玩具等。无论是自发性的微笑还是诱发性的微笑，都是反射性的，没有社交意义。但是父母不愿这样认为。当宝宝嫣然一笑时，父母的心里充满无限柔情，会不由自主地也对他报以微笑或者逗弄。宝宝无意的微笑激发了父母的关心与回应，这既是两者之间的互动，也印证了宝宝的情绪具有生存适应意义。

② 哭

宝宝一出生就会哭。通常哭代表他（她）感到不愉快。此时哭是宝宝与父母沟通的重要语言。他（她）用哭来召唤父母，让父母帮他（她）解决需要。正因为哭，宝宝在与父母的交往中变被动为主动。

（4）社会性技能

刚出生的宝宝听到别的婴儿哭时，自己也会哭。这表明宝宝具有先天的情绪感染能力。这种初步的能力是他（她）今后理解他人情绪并能产生共情的基础。

当成人向新生儿展示不同的面部表情，如张嘴或伸舌，很多宝宝有模仿的倾向。这种行为也为宝宝今后理解他人情绪并能与他人进行互动奠定了基础。

新生儿社会性发展教育指导

（1）母亲要克服产后抑郁

这不仅需妈妈自己努力，还需全家给予支持。妈妈要注意多休息，保证充足的睡眠；当感觉情绪低落时，可主动联系已育的亲友，向她们寻求帮助；丈夫要多体贴妻子，经常拥抱和安慰她；家人也不能只顾孩子，把妈妈丢在一旁，要给妈妈和宝宝无微不至的关怀。另外，多补充一些育儿知识，能消除妈妈产后的无能为力感，对抑郁恢复也有好处。

提示：流行病学研究显示产后12个月内是妇女一生中发生精神疾患的高危时期。

（2）对宝宝的啼哭及时回应

您需要及时排查是什么原因让宝宝不愉快，去除引起不快的因素，并安抚宝宝。新生儿啼哭均是生理原因，其哭声也有不同特色，您可以从啼哭方式做出初步判断。

- 一般饥饿的啼哭由轻而渐渐增大，比较有节奏，小嘴伴有吸吮动作，新生儿有一半啼哭是由于饥饿或口渴引起；

- 温度不适或衣服不舒服的哭声，初时较大，渐渐变小，全身会有躁动；

- 受到惊吓的哭声会突然发作，强烈刺耳，并伴随间隔时间较短的号叫；

- 大小便刺激的哭声会伴有面部涨红或用力的动作；

- 被刺痛或叮咬，宝宝会一阵一阵地嚎啕大哭，但哭的间歇期表现正常；

- 若宝宝困倦，哭声低且断断续续，眼睛时睁时闭，渐渐入睡。

- 当然孩子哭也可能因为生病，这需要向医生咨询。

如果以上原因都不是，您也需要及时安抚宝宝的情绪。

（3）经常和孩子说话

在子宫内，宝宝就常听妈妈说话；婴儿期，宝宝的听觉器官又发育迅速，因此，母亲的声音对宝宝有特殊意义。一是能找到熟悉的感觉，有安抚情绪的功能；二是说话也是与宝宝的交流，促进他（她）的社会化发展。此外，经常和孩子说话对其智力、言语的发展也有帮助。

提示：新生儿的听觉器官还很脆弱，因此与宝宝说话声音不要太大。

（4）经常逗宝宝笑

前面提到，新生儿会从自发的微笑过渡到诱发性微笑，逗笑就是常用的方法。它不仅是您与宝宝的快乐交流，还能促进他（她）的智力发展。您可以距他（她）的小脸15～20厘米处，朝他（她）微笑、咂嘴、做鬼脸等，还可抓挠他（她）的身体，摸摸他（她）的脸蛋，说说话。越早学会逗笑的孩子越聪明。

 ## 新生儿社会性发展小提示

（1）什么是产后抑郁？它对孩子有什么影响？

50%～80%的妈妈在产后第一周里，会经历兴奋后的情绪低潮，有不同程度的失望、不开心和孤独感。有些妈妈能通过他人安慰和自身调节慢慢缓解，但仍有10%的母亲难以恢复，形成产后抑郁症。

妈妈的产后抑郁会对宝宝产生很大的影响。因为宝宝一出生就有一种调整自己的情绪和妈妈保持一致的能力。抑郁的妈妈很少流露出积极的面部表情，她们较少说话，也不爱注视和抚摸孩子。她们的孩子慢慢也会较少流露出积极的表情，不爱说话，不愿与人对视，产生更多的抗议行为和较低的活动水平。妈妈抑郁的行为方式会影响宝宝形成消极的交往性格。

（2）如何让宝宝有个好情绪？

刚出生的宝宝，所有的情绪都来源于他（她）的生理需要是否获得满足。如果生理需要没有获得满足，如感到饥饿、寒冷、疼痛、想睡觉、身体活动受到限制、中断喂奶等，他（她）就会产生哭闹等不愉快的情绪反应。当宝宝的生理需要获得满足，如吃饱、睡醒、感到温暖等，他（她）就会产生微笑、四肢末端自由动作的增加等愉快的情绪反应。因此，如果想让宝宝有个好情绪，敏感地体察他（她）的需要，给他（她）舒心的环境是首要任务。

（3）宝宝认识母亲吗？

出生数日的宝宝就能够区分自己的母亲和其他陌生年轻女性。但他（她）并不是依据眼睛、鼻子这些器官特征辨认，而是根据脸部周围的轮廓来识别，如头发的形状。所以，您若换个发型，宝宝可能就不认得你了。

（4）孩子一哭就安抚，会不会惯坏了他（她）？

这个说法放在大孩子身上很有道理，但对于婴儿却不适用。对婴儿啼哭做出及时回应能够使照看者与婴儿间建立起基本的信任，这种信任是孩子最初的安全感来源。心理学的许多案例表明，儿童早期是否得到了充足的关爱，对其今后的心理健康有重要影响。

（5）说话时要看着宝宝吗？

与宝宝说话一定要看着宝宝。虽然宝宝还不能充分看清人的脸部，只是朝向脸的方向看，但这是形成注意力的开始。您的脸和声音总是同步出现，还有助于宝宝将它们整合到一起。同时，您可以体会，当您面对宝宝的脸说话时，您的声音会更加温柔，这能优化你们的交往氛围，但与宝宝说话时声音不要太大。

提示：研究发现，父亲参与养育的孩子，智商水平更高，更具有积极的人格特征。

（王书荃　车廷菲）

第四章　智能体能发展

第五章

新生儿疾病知识

新生儿的呼吸和心率特点

　　足月新生儿的呼吸表浅而且较快，出生后1小时内呼吸率可达60～80次／分，1小时后可降至40次／分，2天后可降至20～40次／分。新生儿的呼吸是腹式呼吸，腹部有明显的呼吸运动，因此，不宜把腹部包扎束缚过紧，以免影响呼吸。

新生儿生理性体重减轻

　　新生儿出生后2～4天由于摄入少，经皮肤及肺部排出的水分相对较多，可出现体重下降，属生理现象。下降范围一般不超过10%，4天后回升，7～10天恢复到出生时水平。 新生儿生理性体重减轻是一种正常现象，但如果生后10天体重仍然没有恢复至出生时体重或者体重下降超过10%均属于异常，就应该到医院看医师以寻找原因。

新生儿生理性黄疸

黄疸是新生儿最常见的症状。可分为生理性黄疸和病理性黄疸两种。新生儿时期的黄疸大多数是生理性的，不需要特殊处理可以自行消退。黄疸一般在出生后2～3天开始出现，第4～6天达到高峰，以后将逐渐减轻。足月新生儿在2周内会自行消退，早产儿会延长至3～4周。黄疸程度一般不深，皮肤颜色呈淡黄色。黄疸只限于面部和上半身，但手心和脚心不黄，黄疸时新生儿的一般情况良好，体温、食欲和粪、尿的颜色均正常，生长发育也正常。生理性黄疸的血清胆红素足月儿不超过204微摩尔/升（12毫克/100毫升），早产儿不超过255微摩尔/升（15毫克/100毫升）。

新生儿如果出现以下任何一种情况要考虑病理性黄疸，必须到医院请医生诊治。

● 黄疸出现得早，生后24小时内即出黄疸；

● 黄疸程度重，呈金黄色或黄疸遍及全身，手心、足底亦有较明显的黄疸或血清胆红素12～15毫克/分升或以上；

● 黄疸持久，出生2～3周后黄疸仍持续不退甚至加深，或减轻后又加深；

第五章 新生儿疾病知识

121

- 伴有贫血或大便颜色变淡者；
- 有体温不正常、食欲不佳、呕吐等表现者。

新生儿喉鸣

　　新生儿打鼾，最大的可能是先天性喉鸣，也叫做喉软骨软化病，是婴幼儿因喉部组织软弱松弛、吸气时候组织塌陷、喉腔变小所引起的喉鸣。常发生于出生后不久。随着年龄增大，喉软骨逐渐发育，喉鸣也逐渐消失。表现为婴儿出生时呼吸尚正常，于出生后1～2个月逐渐发生喉鸣。

　　随着年龄的增长，其喉头间隙会逐渐增大，喉软骨也会发育好，绝大多数孩子在2岁左右，这种声音就会消失。要精心照管好孩子，避免感染气管炎、喉炎和肺炎。要让孩子多晒太阳，多做户外活动，及时给孩子补充钙片和维生素D。

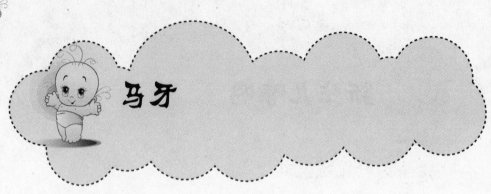

马牙

　　大多数婴儿在出生后 4～6 周时，口腔上腭中线两侧和牙龈边缘出现一些黄白色的小点，很象是长出来的牙齿，俗称"马牙"或"板牙"，医学上叫做上皮珠。上皮珠是由上皮细胞堆积而成的，是正常的生理现象，不是病态，"马牙"不影响婴儿吃奶和乳牙的发育，它在出生后的数月内会逐渐脱落。

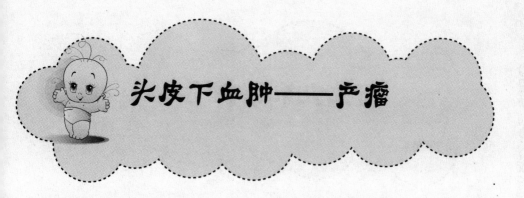

头皮下血肿——产瘤

宝宝出生2~3天，细心的家长有时会发现在新生儿头顶的一侧或双侧有肿块，其大小不一，有的小如枣子，也有的像核桃或鸡蛋大小，更有甚者大如苹果。头皮下血肿禁忌用注射器去穿刺抽血。

新生儿乳房肿大

　　新生儿无论男女在生后的几天内可能会出现乳房肿大，甚至分泌少许乳汁样液体，原因是新生儿体内含有从母体中得到的雌孕激素、泌乳素等，这些激素刺激乳房肿大和泌乳，这是正常的生理现象，不用处理，出生2～3周后就会自然消退。不可挤压乳头以免造成感染，重者还可引起败血症。

新生女婴阴道流血及白带

　　有些女婴的家长可能会发现，刚出生的女婴就出现了阴道流血，有时还有白色分泌物自阴道口流出。这是由于胎儿在母体内受到雌激素的影响，使新生儿的阴道上皮增生，阴道分泌物增多，甚至使子宫内膜增生。胎儿娩出后，雌激素水平下降，子宫内膜脱落，阴道就会流出少量血性分泌物和白色分泌物，一般发生在宝宝出生后3～7天，持续1周左右。无论是假月经还是白带，都属于正常生理现象。家长不必惊慌失措，也不需任何治疗。

生理性腹泻

　　生理性腹泻多见于6个月以下的婴儿，其外观虚胖，常有湿疹，出生后不久即腹泻，每天大便次数多，甚至十几次，每次大便量不一定很多，其中含少量水分，一般没有特殊腥臭味。生理性腹泻的婴儿除大便次数增多外，多无其他症状，食欲好，无呕吐，生长发育不受影响，添加辅食后，大便即逐渐转为正常。

新生儿硬肿症

由于寒冷损伤、感染或早产引起的皮肤和皮下脂肪变硬，常伴低体温，甚至出现多器官功能损害，其中以寒冷损伤为最多见，称寒冷损伤综合征。以皮下脂肪硬化和水肿为特征。

本症预防重于治疗：

- 做好围生期保健工作，加强产前检查，减少早产儿的发生；
- 寒冷季节和地区应为产房装配保暖设备；
- 新生儿一旦娩出即用预暖的毛巾包裹，移至保暖床上处理；
- 对高危儿做好体温监护；
- 积极早期治疗新生儿感染性疾病，以免发生硬肿症。

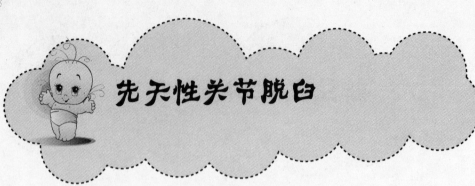

先天性关节脱臼

先天性脱臼一般认为系胎儿在宫内受压迫所引起。也就是说，关节在早期发育是正常的，怀孕最后一两个月胎儿长到相当大时，才因宫内受压迫，固定在某种姿势，关节不能活动，才造成它的不稳定，所以它是一种变形。由于胎内姿势的关系，左侧髋关节较容易发生脱臼。

新生儿败血症

新生儿败血症是指细菌进入血循环，并在其中生长繁殖、产生毒素而引起的严重全身性感染。临床表现为发热、严重毒血症状、皮疹瘀点、肝脾肿大和白细胞计数增高等。革兰阳性球菌败血症易发生迁徙病灶；革兰阴性杆菌败血症易合并感染性休克。当败血症伴有多发性脓肿时称为脓毒败血症。新生儿败血症是一种严重疾病应尽快到医院诊治。

新生儿破伤风

新生儿破伤风又称"四六风"、"脐风"、"七日风"等，是指破伤风梭状杆菌侵入脐部并产生痉挛毒素而引起以牙关紧闭和全身肌肉强直性痉挛为特征的急性感染性疾病。随着我国城乡新法接生技术的应用和推广，本病的发病率已经明显降低。如怀疑本病应立即就诊。

新生儿时期应进行哪些预防接种

出生体重在2500克及以上的正常新生儿，在出生后第二天就应接种卡介苗和乙肝疫苗。对出生体重在2500克以下的新生儿可待体重超过2500克后再接种。

① 母亲患非开放性结核病一般不影响新生儿接种卡介苗。

② 如果母亲是乙肝患者或乙肝病毒携带者，新生儿在出生后应尽早接种乙肝疫苗，最好在出生12小时之内就接种，并在满月及6个月时分别接种第二、三次疫苗。

新生儿要做哪些筛查

　　苯丙酮尿症是由于先天性酶的缺陷使苯丙氨酸（一种人体所需的必需氨基酸）不能正常代谢，如果早期发现，可以在专科医师的指导下，坚持服用一种特制奶粉，就可达到治疗目的。

　　先天性甲状腺功能减退症和苯丙酮尿症的筛查是在宝宝出生开始吃奶72小时后，采足跟部2滴血，进行检验，如果结果异常，家长会被通知带宝宝去做进一步确定诊断检查。

　　听力筛查是在宝宝出生48小时后，用耳声发射仪进行检测，结果有"通过"和"未通过"，第一次未通过的宝宝并不代表一定有听力障碍，需在42天进行复筛，如果复筛还没通过，应在3个月内到儿童听力诊断医院做确定诊断检查。

有宫内或分娩过程窒息的新生儿出生后应注意什么？

● 喂养　一般正常新生儿出生后半小时内即开始母乳喂养，但窒息的患儿应延迟喂养，有频繁呼吸暂停发作的患儿应暂停喂养。急于喂奶随时会导致窒息发作而加重脑缺氧。同时应注意喂奶方法，喂奶后应尽量少搬动，头偏向一侧，以防呕吐引起窒息。

● 保暖　在整个抢救过程中必须注意保暖，应在30～32摄氏度的抢救床上进行抢救，维持肛温在36.5～37.0摄氏度。胎儿出生后应立即擦干体表的羊水及血迹，减少散热，因为在适宜的温度中新生儿的新陈代谢及耗氧最低，有利于患儿恢复。

（牟　龙　王书荃）